私たちは運命共同体です

We're a destiny collective.

灰の魔女イレイナ

魔法使いの最高位「魔女」の称号を持つ。
見聞を広めるために世界を旅している。

THE JOURNEY OF ELAINA

CHARACTER

セーナ

天秤の国バスカに暮らす女性。
「断罪人」という
特殊な職に就いている。

クレタ

小都市アスティキトスの
治安を守る、
「保安局」の新米局員。

エキナ
小都市アスティキトスに
暮らす富裕層。
輸入品の管理を行う役人。
湖畔の魔女
カロリーネ
月光のイーヒリアスに仕える魔女。
冒険家・発明家でもある才媛。

平原をほうきが二つ並んで飛んでいました。
私と師匠の間に冷たい風が通り抜けます。
師匠に求められている
ことがわかりません

私はあなたの今の
率直な感想が欲しいの

魔女の旅々14
THE JOURNEY OF ELAINA

CONTENTS

魔女の旅々

THE JOURNEY OF ELAINA

14

Shiraishi Jougi
白石定規

Illustration
あずーる

第一章

とっておきの話

旅人レストラン。

この近辺《きんぺん》の国々を旅している者ならばこのレストランの名前を目にしたことのない者はいないだろう。国の中、門の付近にて必ずといっていいほど店を構えているこのレストランは、旅人や商人にとって最も都合《つごう》のいい休憩所《きゅうけいじょ》であった。

店の扉《とびら》を開く。

いらっしゃいませ、と従業員がカウンターの向こうから私に首《こうべ》を垂《た》れ、お好きな席《せき》へどうぞ、とまばらに席が埋まった店内を差した。

お好きな席へどうぞ、というのは言葉通りの意味だ。

この旅人レストランでは空《あ》いている席でも、誰かが座っているテーブルでも、好きなところに腰《こし》をおろして構わない。

ここに来る客は旅人や商人や冒険者など、国から国を渡り歩くことを生業《なりわい》にしている流浪者《るろうしゃ》が大半《たいはん》だ。

この店は客同士が料理を食べながら情報を交換することを目的としている。

商人や旅人にとって情報はいわば生命線である。危険な国や地域の情報や、あるいは新たな流行《りゅうこう》や風習《ふうしゅう》のある国の話はいち早く手に入れたいものだ。

ゆえに旅人や商人たちは情報を求めてこの店に集まり、そして旅人や商人が多く集まるゆえに更《さら》に人が集まることになる。

流浪者の大半が飢《う》えているのだ。

面白《おもしろ》い話や、新しい出来事《できごと》に。

刺激《しげき》に飢えているのだ。

店内を見渡せばテーブル席で向かい合って話しながら料理を食べている客を多く見かけるが、彼らのほとんどが恐らくは初対面だろう。

私はテーブル席の一つに腰をおろす。

この店は席に座れば近くに座っている誰かが話しかけてくるのだ。

「――こんにちは。おひとりですか?」

だからこのように年頃の女性が私のような一人客の老商人に話しかけてくることなどさして珍《めずら》しくもない。商人を初めて四十年。この旅人レストランにて何度となく、数え切れないほどにあった光景だ。

四十年前も、二十年前も、今も変わらず、私は一人でこの店を訪れている。

私が彼女に頷《うなず》くと、彼女は「お話ししても、よろしいですか?」と尋《たず》ね、自分のグラスと皿をテーブルに置いて、私の向かい側に座る。

彼女のグラスには水、そして皿には数枚のパンと申し訳程度のソーセージが添《そ》えられていた。

この店はビュッフェ形式をとっている。決まった額で料理も酒も好きなだけ堪能《たんのう》することができ、金のない旅人の多くはこの店で安物の肉を有難《ありがた》がって皿に山盛りにするものだ。私の向かいに座った彼女のように質素《しっそ》なもので済ませてしまうには勿体《もったい》ないほどの金額を支払うのだから。

であるから向かい側の彼女は多少の浪費《ろうひ》など気にならない程度に金を持っているのか、それとも無類《むるい》のパン好きかのどちらかだろう。

「実は私、最近、面白い国の情報を独自《どくじ》ルートで仕入れましてね――」

得意《とくい》げな表情で語る彼女。

髪《かみ》は灰色《はいいろ》。黒のローブを着ており、瑠璃色《るりいろ》の瞳《ひとみ》は私に向けられていた。胸元《むなもと》には星をかたどったブローチがある。どうやら魔女であるらしい。

「ほう」

独自ルートがどのようなものかはわからなかったが、自信に満ち溢《あふ》れた表情からはその情報がよほど有益《ゆうえき》なものであることが窺《うかが》えた。

が、しかしこういう顔をして話しかけてくる人間の約半数が根も葉もないでたらめを吹聴《ふいちょう》して回り、あまつさえ金をむしり取る悪人であることも付け足しておきたい。経験談である。

彼女はどちらであろうか。

彼女は周囲に聞かれまいと声をひそめて語る。

「実はその国、最近まではそうでもなかったのですけど、今は周囲のどの国よりも素敵《すてき》で綺麗《きれい》な国でしてね――」

「なるほど」

早速胡散臭《さっそくうさんくさ》くなってきたな……。

彼女は身振り手振りを交えてせわしなく語る。

「具体的にどんな風に素晴らしいのかという話はなかなか難しいのですけれど、とにかく凄《すご》い国でしてね――」

「なるほど」

中身薄《うす》っぺらいな……。

いかにも怪《あや》しげな雰囲気《ふんいき》にまみれた話だった。しかし私は耳を傾《かたむ》ける。

流浪者の大半が飢えているのだ。

面白い話や、新しい出来事に。

刺激に飢えているのだ。

それが本物であろうと偽物《にせもの》であろうと、興味は尽《つ》きないのだ。

そして彼女は語る。

「その国のお名前は――」

第二章

物語の国

「きみは『物語の国』という国をご存《ぞん》じかな」

私がとある国の旅人レストランというお店で食事を摂《と》っていたときのことです。

近くの席に座《すわ》っていた男性客がふらりと私のもとまで訪れて、そのような質問を投げかけてきました。

私が知らないと答えると、彼はとても驚《おどろ》いた様子で、

「あんなに素晴《すば》らしい国を知らないなんて！　よかったら『物語の国』の話を教えて差し上げようか？」と提案をひとつ。

そこで男性が語る『物語の国』の物語は、とても奇妙《きみょう》なものでした。

「――物語の国に行った者は誰もが幸せになれると言われている。以前、私の友人の友人もこの国に訪れたことがあるのだが、それっきり帰ってこなくなってしまった。あまりにも素晴らしい国であるせいでもはや物語の国に首ったけになってしまったらしい。……これは私の友人の友人が私のもとに送ってくれた日記なのだが、よければ読んではくれないか」

言いながら男は小冊子《しょうさっし》を私に手渡しました。

ぺらぺらの紙をめくって読んでみると、確かに『物語の国』を褒《ほ》め称《たた》える文章が延々《えんえん》と綴《つづ》られて

います。街並《まちな》みが綺麗《きれい》だとか、人が優しいとか、そういった抽象的《ちゅうしょうてき》な言葉が多くを占《し》めています。あるいは「私の知り合いは以前、妻《つま》と別れて不幸のどん底に陥《おちい》っていたのだが、物語の国に行ったことで幸せな人生を取り戻した」などといった他人の体験談まで綴られています。とりあえずなんだかとても素敵《すてき》な国であることだけは確かなようです。

「なるほど」この国に行くと人は夢のような日々を送ることができるようですね。

私が頷《うなず》くと、男性は、「見ての通り素晴らしい国なのだ」と頷きます。

ところでこの国はどこにあるのですか？　と尋《たず》ねると男性は「さてどこにあるかな」と意味《いみ》深長《しんちょう》な感じに首をかしげつつ、

「ちなみにその小冊子はほんの一部でね、実は私の友人の友人はそれ以外にも幾《いく》つか冊子を送ってくれたのだよ」

もしかしたらそれを読めばどこにあるかはわかるかもしれないね、と男性は怪《あや》しく笑いました。

私は言われるがままに男性から冊子を購入しました。

男性が語る『物語の国』の物語は、とても奇妙なものでした。

私は以前からこの物語の国のお話を国々で聞いているのですが。

そのような国はどこを探しても一切《いっさい》見当たらないのですから。

初めて物語の国のお話を耳にしたのは一か月ほど前のことだったでしょうか。

私がとある国に入国した直後のこと。国の門の近くにて「ようこそ！　こちらは旅人レストラン！　旅人の皆さん、ぜひ寄っていってください！」と声を張り上げる店員さんの姿を見かけました。

あらあら旅人レストランだなんて何て素敵なお名前でしょう――私はふらりふらりと店員さんの声に誘われるがままに気づけば入店していました。

どうやらこの旅人レストランというのはビュッフェ形式のレストランであったようで、店内の中央には長い長いテーブルが構えてあり、そしてクロワッサンやトースト、マフィンから始まりオムレツにソーセージにサラダにベーコン、ハンバーグ等々ありとあらゆる料理がずらりと並《なら》んでおりました。

ここは夢の世界ですか……？

私は踊るような足取りでるんるんとお皿を手に取り、たくさんの料理の中から好きなだけお皿に盛り込み、るんるん気分で席に着くのでした。

「あら……あなた、随分《ずいぶん》と変わった食事をなさるのね……」

しばらくそうして食事をしていると、私の席の前を通りかかった一人の女性が、テーブルに置かれている料理の数々に目を丸くしておりました。

「おっと。どなたかは存じ上げませんがあげませんよ」

「いらないけど……というかどうせビュッフェだし……」

ちなみに私のテーブルにはクロワッサンやトースト、マフィンにはじまりベーグルやサンドウィッチ等々のありとあらゆるパン類が置かれていました。ここは夢の世界ですか……？

女性は少し呆《あき》れた様子を見せつつ、言いました。

「ところであなた、このお店のルールは知っているかしら？」

えっ。ルール？

「もしかしてパンだけを食べるのはルール違反でしたか……？」

雷《いかずち》を受けたかのような衝撃を受ける私でした。

「いえ、そうじゃないけど……」

とゆるく首を振りつつ、女性は旅人レストラン初心者である私に手ほどきをしてくれました。曰《いわ》くこの旅人レストランはこの近郊の国々の門の傍《そば》に点在しているビュッフェ形式のレストランであり、その名の通り、宣伝文句《せんでんもんく》に違《たが》わず、利用している客の多くが旅人であるそうです。このレストランでは座席を指定しておらず、客同士で自由に行き来をしていいといいます。

何のためにそのようなルールが作られているのか、などというのは聞くまでもありません。名も知らぬ旅人同士が食事ついでに集まって話すことなど決まっています。

「……つまり客同士で情報交換をさせるお店、ということですか」

女性は「察《さっ》しがいいわね」と頷き、

「ところでここの席は空いている？」

と尋ねるのでした。

「どうぞどうぞ」

　でもパンはあげませんからね、と私は彼女を向かいの席に迎え入れました。

　席に腰をおろした彼女とはそれから世間話を交えながら、近くにどのような国があるのか、どのような面白い国があるのかを語り合いました。

　物語の国のお話を初めて聞いたのはその最中《さなか》でのことです。

「――これはね、面白い国というよりも恐ろしい国の話なのだけれども、知っている？　物語の国という国がこの国からそう遠くない場所にあるそうよ」

　声をひそめ、彼女はこそこそと物語の国のお話を聞かせてくれます。「実は少し前に私の友達の友達がこの国に行ったらしいんだけどね、物語の国のあまりの恐ろしさに精神を病んでしまったそうなの」

「あらあら」そりゃ大変ですなと私はもぐもぐ。

「実際にどんな体験をしたのかまではよくわからないのだけれど――これを見て頂戴《ちょうだい》」

　女性は言いながら私に一つの冊子を手渡しました。見るとそこには物語の国の体験がいかに恐ろしいものであったのかが克明《こくめい》に綴られています。

　――あまりの恐ろしさに私の滞在はたったの二日で終わってしまった。

　――どのような体験をしたのかは私の口から語ることはできない。私より長く滞在した者がその体験を家族に語った際、一家がそのまま行方不明になった事例があるからだ。

などなど。とにもかくにもあまりに恐ろしい体験をした、という事実だけが延々《えんえん》と綴られていました。

「物語の国についてはわからないことが多いのだけれど、とにかく気を付けたほうがいいわ」女性は険《けわ》しい表情で私を見つめ、そして、

「ところで実はその冊子はごく一部でね、物語の国に関する冊子はほかにもあるの。よければ買わない?」

「………」

私はぺらぺらの冊子をめくりながら耳を傾けます。彼女は、

「もしかしたらあなたもうっかり間違《まちが》って物語の国に行ってしまうかもしれないわよ。だから、ね?」

騙《だま》されたと思って買って頂戴? と女性は言いました。

「ふむふむ……」

私はぺらぺらの冊子をそれからしばしめくったのちに、

「ま、いいですよ」

買いましょう。と頷くのでした。確かに、この物語の国のお話が事実ならば、そのような国にうっかり行くことだけは避《さ》けなければなりませんからね。

「うふふふ。毎度あり」

女性はとても嬉《うれ》しそうに冊子を私に手渡してくれました。「ところであなた、お名前は?」

「イレイナです」私は答えます。

「イレイナ、ね。覚えたわ」

お金をやり取りする最中、彼女はずっとにこにこと笑っておりました。


近郊の国に旅人レストランというお店を多く見かけました。もはや入国した直後に門の傍で件《くだん》のレストランを見かけなかったことがないほどでした。旅人レストランはこの地域の旅人たちから愛されているようですね。

「狭《せま》い地域で展開してもあんまり意味ないような気がしますけど……」

情報が同じ場所の中でぐるぐると回り続けるだけじゃありません？　新しい情報とか入ってくるんですか？　と首をかしげてしまいます。

とはいえ旅人としてはこの旅人レストランほど情報収集に長《た》けているお店はないとも思えましたので、結局、国から国を渡る度に私は旅人レストランに足を運びました。

「――おやお嬢さん。君は物語の国、という国を知っているかな」

「――あなた、旅人ね？　どこから来たの？　ところで物語の国って知ってる？」

「――こんにちは。いい天気だね。こんないい日に君のような可愛《かわい》らしい子と会うことができて僕《ぼく》はなんて幸せ者なんだ！　ところで物語の国って知ってる？」

「――おうてめえ。何見てんだよ？　やんのかこら？　おおん？　ところで物語の国って知ってる？」

さて不思議なことなのですが、この旅人レストランに訪れれば訪れるほど、物語の国のお話を私は耳にすることとなりました。

ある人は物語の国を「とても素敵で夢のような日々を送れる国だ」と紹介していました。

ある人は物語の国を「どんな人間でも必ずちやほやされる国」と紹介していました。

ある人は物語の国を「入国した瞬間に不幸のどん底に陥る最悪の国」と紹介していました。

ある人は物語の国を「どんな人間でも必ず精神を病んでしまう酷《ひど》い国」と紹介していました。

よい意見は極端《きょくたん》によく、悪い意見は極端に悪い。それぞれの体験談に共通しているのは「こんな国は今まで行ったことがない！」という驚愕《きょうがく》のみ。

極端にいいのか、それとも極端に悪いのか。どちらかはわかりませんが、とにもかくにも特殊な国であるようです。

ではこの国は一体どこにあるのでしょう？

私は話を聞く度に尋ねました。

すると彼らはまるでその言葉を待っていたかのように怪しく笑うと、

「さてどこにあるのでしょう？」

などと、曖昧《あいまい》に答えるのでした。

それからついでとばかりに彼らは「ところで今見せた小冊子はほんの一部で、他にも幾つかあるのだけれど、要りませんか？　それがあればもう少し具体的な情報が得られるかもしれませんよ？」と何冊かの小冊子をちらつかせます。

「本当ですかー？」と私が目を細めると、彼らは毎回決まって、

「本当です！　実際に私の友人の友人はこの冊子をもとに物語の国まで行って――」と具体性がこれといってない他人の体験談を語るのです。

そして。

私はぺらぺらの冊子をそれからしばしめくったのちに、

「ま、いいですよ」

と冊子を購入。

ここ最近――一か月間は国から国を渡る度に冊子を購入しています。

「でも一か月前から冊子を読んでますけどぜんぜん場所わからないですね……」

何度買っても、何度読んでも、具体的な話がまったく出てこない冊子ばかりなのです。「とにかく素晴らしい体験をした！」とか「とにかく酷い体験をした！」とか。これでは場所の突き止めようがありませんね。

「はっはっは。しかし魔女殿《どの》、物語の国は確実にありますぞ。私の友人の友人が何よりの証拠《しょうこ》です」

「ふむふむ」

私は一か月前より頻繁《ひんぱん》に食しているパンをかじりながら頷きました。もはやほとんどの国の旅人レストランを制覇《せいは》したと言っても過言《かごん》ではありませんが、どこの国で食べても同じ味なんですよね、これ。

「いい加減この味にも飽きてきましたね……」

さすがに無類《むるい》のパン好きを自称《じしょう》していようとも一か月間頻繁に同じビュッフェに通っていては飽きも来るというものです。

私が嘆息《たんそく》を漏《も》らすと、向かい側の男性は「お、それならいいお店がありますよ」と手を叩《たた》きます。

「ここから南に行った国にも旅人レストランがあるのですけれども——実はそこ、旅人レストランの発祥《はっしょう》の地でして、料理が特に美味《おい》しいんですよ」

「本当ですか」おやまあ。

「ええ。パンの味も一級品だとか」

「なんと」

それはそれは。

ここ最近で仕入れた情報の中で最も有益な情報ですね。

「情報提供、感謝します」

私は男性に礼をしつつ、るんるんと上機嫌《じょうきげん》な足取りでお店を去りました。

●

「ふふふ……」

店を去る灰色の髪の魔女の背中《せなか》を見つめながら男は冷たく笑った。

「物語の国だと？　そんなものがあるわけないじゃないか！」

旅人レストランは旅人が頻繁に訪れるレストランである。よそ者が集まるこのレストランは、有益な情報を交換する場であると同時に、詐欺師《さぎし》が世間知らずな相手に高値でがらくたを売りつける土壌《どじょう》でもあった。

国から国を渡る旅人に「面白い国がある」「行くと危《あぶ》ない国がある」と話を持ちかけ、冊子を売りつける。物語の国という所在《しょざい》不明の国に興味を示した旅人は冊子を購入する。しかし場所がわからず別の国の旅人レストランでも同様に購入する――旅人たちはいずれこれがただの詐欺《さぎ》であることに気づくが、その頃にはそれなりの金額をただの内容不透明な冊子に支払っている。

旅人レストランを中心に活動している詐欺師の一団は日夜そうして日銭《ひぜに》を稼いでいる。

「しかしあの魔女、本当に噂《うわさ》通りのいいカモだな」

彼ら詐欺師の集団は横の情報伝達が早い。とある国でいいカモになりそうな者を見つければ、別の国でも詐欺に嵌《は》められるように情報共有がなされるのだ。

その中でも特に一か月前から近郊の国にやって来た灰色の髪の魔女は彼らの間では有名だった。

それは物語の国の話を持ちかければどんなに吹っかけても冊子を買ってくれる馬鹿《ばか》な旅人としてでもあり、

「あの魔女、どうやらあちこちで物語の国の噂話を流しているみたいでな、旅人レストランにわざわざ話を聞きに来る馬鹿な旅人が最近増えたんだよ」

そして新たなカモを連れてくるいい客としても、有名だった。

あの魔女がずっとこの辺りをうろついてくれればいいのに、と男は笑いながら酒《さけ》を煽《あお》る。

「……でもあの子、もう旅人レストランはほとんど回ったんじゃないかしら」

男の向かい側に女性が腰をおろす。詐欺師の仲間である。

仲間たちから集めた情報を整理してみたところ魔女はここから南の国を除いてすべての旅人レストランを訪問しており、そして同様に詐欺に遭っている。あまりの学習能力のなさに女性はいたたまれない気分になった。

「次の国で詐欺は最後になりそうね」

「ならば最後にできる限り金をむしり取ることになるだろうな！」男は高らかに笑った。「あの国には我々のリーダーがいるからな！　きっとあの魔女の財布《さいふ》が空になるまで金を奪うだろうよ。はっはっは！」

こいつうるせえなあと思いながら女性は窓の外に目をやる。

門へと向かい歩く灰色の髪の魔女の姿が見えた。

可哀《かわい》そうに。

詐欺師に目をつけられるような隙《すき》を見せなければ、今頃はもう少しお金に余裕があったろうに。

憐《あわ》れみを込めて、女性は魔女を見やる。

その視線に気づいたのか、魔女は国を出る間際《まぎわ》に、一度だけ、こちらに顔を向けた。

「………………？」

女性は首をかしげた。

こちらに顔を向けた魔女は、怪しく笑っていたのだ。

詐欺師の彼らと同じように。

○

お話の通り、そこから少し南にほうきを飛ばしたところに国がひとつありました。

小さな国でした。

入国と同時に私は旅人レストランへと足を運びます。発祥の地だけあって中はよく言えば懐古的《かいこてき》な雰囲気《ふんいき》で、少々毒《どく》っぽく言えばボロっちい感じがありました。

前回の旅人レストランで仕入れた情報曰く、この国のパンは絶品とのことらしいですけれども。

「むっ。情報通り」

早速《さっそく》とばかり綺麗な三日月《みかづき》のように弧《こ》を描いたつやつやなクロワッサンを幾つかとって席についてひと口食べてみれば、さくっ、と口の中にバターの香りが広がります。なかなか美味《おい》しいではないですか。

「君、ここらで見ない顔だね。もしかして新米の旅人さんかい？」

私がそれからクロワッサンをさくさくもぐもぐと至福《しふく》の時を満喫《まんきつ》していると、男が一人、私の向かい側の席に座ります。

旅人レストランでは勝手に相席《あいせき》になって勝手に情報交換をすることが多いようですが、ここ最近、このお店を利用すると毎回声をかけられていますね。

「新米ではありませんが――なにかご用で？」

と白々《しらじら》しくも尋ねる私に、男性は、

「この旅人レストランのルールをご存じかな？」

と得意げな表情で、聞いてもいないにもかかわらず既に知り尽くしているルールを延々と語ります。ここは旅人が情報交換をする場で、自由に席を行き来する、等々。

そして男性は一通り私に説明をしたのち。

「ところで君に是非お話ししたい国があるんだけど――」

と一冊の小冊子を取り出しました。

もはやそれはここ一か月で見飽《みあ》きた代物《しろもの》でした。

「物語の国、ですよね」

私はテーブルにこれまで購入した冊子をまとめて置きました。その数おおよそ二十冊程度。訪れた国々で旅人レストランに行っては数冊ずつ購入しましたからまあまあの数になりましたね。

「……おっと。既に物語の国に関してはご存じだったたか。そうなんだよ。この国、とても不思議な国でね――」

「あ、すみません、冊子の販売トークなら結構です」

はい、だめでーす。そういうお話は聞きませーん。と私は両耳を塞《ふさ》ぎつつ首を振りました。

そのうえで、

「今日はあなたとお話をするためにこの国まで来たんですよ。物語の国の話を聞くためではありません」

「？　俺《おれ》と……？」

少々戸惑《とまど》う男性に私は最大限の笑顔を向けて差し上げました。

「ええ。あなたが旅人レストランで活動している詐欺師集団のリーダーさんなのでしょう？」

「！」男性は一瞬驚き、直後に目を逸《そ》らしました。「さ、詐欺……？　何のことかな……」

「言い訳は結構です。あなた方詐欺師集団が物語の国という架空《かくう》の国の話を題材にした冊子を売りつけて金銭を得ていることはこれまで旅人レストランを訪れ続けてなんとなく察していますから」

どの国よりも素晴らしい国もしくはどの国よりも悪い国として語ることで聞き手の興味を惹《ひ》くためだけに存在している作り話の国。

言うなれば物語の上にしか存在することができない架空の国であり。

つまるところ存在そのものが嘘《うそ》の国でしょう？

中身のないただの話で興味を惹いておいて物を売り、更に多くの情報を求める者には更に多くのお金を求め、いつか引き返せなくなるまでお金を搾《しぼ》り取る。詐欺でよくある手口ですね。

「……ふん。なんだ、ようやく気づいたのか」男の態度は急変します。「ちなみに、言っておくが今まで払った金額を返せ、という話ならお断りだぞ。俺はあんたが幾ら払ったのかなんて把握していないし、そもそもこれは騙されるような隙を見せたあんたが悪いんだからな」

私は頷きました。

「そうですね。嘘に騙されるほうが悪いのですから、隙を見せるほうが悪いのですから、お金を回収しようだなんて思ってはいませんよ」

「じゃあ何だ？　何の話を俺とするつもりだ？」

「そうですねえ……」私はクロワッサンの香りがついた人差し指を唇《くちびる》に添えました。

そして、笑みを浮かべたまま、言いました。

「ところでここって、旅人レストラン、ですよね？　もしもあなた方の活動を私が吹聴して回ったらどうなることでしょうね？　私が実はあなた方のお仲間の顔をすべて絵に収めていて、それをばら撒《ま》いたとしたらどうなることでしょうね？　騙されるような馬鹿な旅人が減ってしまったら、お金稼げなくなっちゃいますね。困りますよね？」

それはつまるところ。

「……口止め料を寄こせ、ということか」

男性の顔がいっそう険しくなります。

「理解が早くて助かりますね」

「ぐぐっ……」男性はとてもとても苦い顔をしました。私をこのまま野放しにしておけば、今までのように馬鹿な旅人を相手に商売ができなくなる。これは彼らにとっては由々《ゆゆ》しき事態であるはずです。

男性はしばし考え込んでから、

「……黙っていると約束できるんだろうな」と私を睨《にら》みます。

「ご安心ください。私、口は堅いほうですので、お金を頂けるのならば沈黙をお約束しますよ」

「ふん……。それで、口止め料は幾《いく》らだ？」

「大体これくらいですねー」

私は紙にさらさらと金額を綴り差し出しました。だいたい私が今まで払った金額の倍程度。

「なっ……！　お、おい！　俺たちはここまでの大金はあんたから奪ってないはずだぞ！」

「お金を回収するつもりでお話を持ちかけたわけではないとさっき言いましたよね？」

もっともっと搾り取るつもりです。

「ぐうううううう……この悪魔《あくま》めぇ……！」

「悪魔じゃありません魔女です」

それでどうなんです？　払うんですか？　払わないんですか？　と私は男性に選択を迫ります。

しかしやはりこれは隙を見せたほうが悪いのです。

結局男性は、

「ああもう払うよ！　払えばいいんだろ！」

とヤケクソ気味に私にお金を支払ってくれました。

「あ、それとついでにもう一つ」

「なんだよまだあんのか！　何だ！」

「もしよかったら物語の国の冊子、頂けますか」

旅人レストランを歩き回っていて気づいたのですが冊子はナンバリングがなされており、どうやらこの国で貰《もら》えるもので物語の国の冊子が全部揃《そろ》うようなのです。金額はいくらなんでもぼったくりにも程があるものですが、しかし読み物としては案外読めるので、それにコレクター的な欲も芽生《めば》えてしまったもので、頂けるなら頂きたいのです。

「ほらよ！　もってけ詐欺師！」

男性は尚《なお》もヤケクソに冊子を私にくれました。

「詐欺師はどちらかというとあなた方の気がしますが……」とはいえこれでコンプリートですね。

「ところでこれ、どなたが書いたものなんですか？」

「知らん。かなり昔にどっかの素人《しろうと》が書いたもんだろ。バザーで投げ売りされてたのを俺の親が買ったんだ」

「そしてあなたはそれを無許可で商売に利用した、と」

「無許可とは失敬《しっけい》だな。ちゃんと許可はとったぞ」

「買ったものを詐欺に使う許可を与える親って何ですか……」

「元詐欺師だが」

「同類の方でしたか……」

曰く彼の親もこの旅人レストランに訪れた旅人相手に怪しい情報を流してお金を徴収《ちょうしゅう》するお仕事をなさっていたようで、なるほど年季《ねんき》の長いレストランで交わされる会話は何十年経《た》っても変わらないということなのでしょうか。

歴史が長いからといっていいことばかりではありませんね。

まあ、とはいえ。

「お金も頂いたことですし、私はこれでお暇《いとま》させていただくこととしましょう」冊子をまとめてバッグに収め、席を立ちました。

とてもとても軽い足取りで私は歩きます。

一方で詐欺師のリーダーさんは未《いま》だ怒りが覚めやらぬのでしょう。席を立ち上がると、指を差して声を荒らげます。

「これでもう契約は成立だからな！　絶対に誰にも言うなよ！　今後俺たちの仕事の邪魔をしたらただじゃおかないからな！」

先ほども言いましたが、私はお金さえ貰えれば、もう誰にも言いふらしたりはしません。

ですから私は振り返り、頷きつつ、答えました。

「もちろんです。約束はお守りしますよ」

いいかい、
これからは。

●

「くそ……やられたな」

灰色の髪の魔女が去ったのちに男は酒を煽った。よいカモと聞いてはいたが、予期せぬ出費《しゅっぴ》になってしまった。

しかし。

「だがまあ……、これであの魔女が黙っているのなら何も問題はないだろう……」

魔女は今までいろいろな国で物語の国の噂を広めてくれた。今や彼らの商売に騙される顧客は次から次へと増えている。

今日払った金くらい、一日もかからず回収できることだろう。

であるならば今日、口止め料を要求されたことなど憂慮《ゆうりょ》すべきことでもない。

「ふっ……もっと吹っかけておけばよかったものを」

むしろたかが一日で稼げるような金額しか要求しなかった魔女を哀《あわ》れんだほどだった。

馬鹿な魔女め。

そう呟《つぶや》いて、男が旅人レストランで優雅《ゆうが》に紅茶を飲み始めたときだった。

「り、リーダー！　リーダー！　大変だ！」

詐欺グループの下《した》っ端《ぱ》が血相《けっそう》を変えて旅人レストランの扉を開いた。酷く慌《あわ》てた様子で下っ端の男はリーダーを見つけ、席まで駆け付ける。

「何だ。騒々《そうぞう》しいやつめ」

見上げると、下っ端の男が息を荒《あら》らげながら、

「や、やられた！　あの魔女にやられた！」と叫《さけ》ぶ。

「やられた……？」

「あの魔女、俺たちのことを全部話していやがった！」

詐欺グループの中で噂になった灰色の髪の魔女。

どんな時でも物語の国の本を買ってくれる頭の悪い客として。

そして、あちこちで物語の国の噂を流し、新たなカモを連れてくるいい客として、有名だった魔女。

あちこちで流していた噂とは、一体何だったのだろうか。

「まさか……」

リーダーに下っ端は頷き、嘆《なげ》いた。

やられた！　と。

「最近来た新しい客の連中がどいつもこいつも口止め料を要求してきやがったんだ！」

第三章　断罪のセーナ

THE JOURNEY OF ELAINA

イレイナさんの朝は早い。

「おはようございます。今日もいい天気ですね。おや？　どうしたんですか？　なんだかお元気がないですね。ん？　仕事に行きたくない……？　まあ大変！　毎朝の通勤《つうきん》に心がナイーブになっているようですね。でもご安心を。実は私、旅の商人でして、お仕事にどうしても行きたくないあなたのような方を対象にいい商品を売って歩いているのですよ」

早朝。

人々が行き交う通勤時間帯にさあさあどうぞどうぞと口を閉ざした貝殻《かいがら》のような形のクッキーを押し付けるこの女性こそ、イレイナさんその人でした。

彼女が持っているのはただのクッキーではございません。ぱたんと閉ざした口の中には、その日の運勢《うんせい》を記《しる》した紙が入れられているのです。つまりこのクッキーを購入することでその日の運勢を占《うらな》うことができるということですね。

「運試しにおひとつどうです？」

「運試し……ねえ……」

「こう見えても私の占い、よく当たりますよ。どうです？」

「でも俺《おれ》、そういう占いとかあんまり信じてないしなぁ……」

「それは残念ですね……では占いはさておき、クッキーだけでも堪能《たんのう》してはいかがです？　実はこのクッキー自体にも特殊な成分が含まれていまして、食べるだけでも結構元気になりますよ。だから一個どうです？　パーッと」

「パーッとと言われてもなあ……それ、食べると具体的にどんな効果があるんだい？」

「そりゃあもう……凄《すご》くふわふわとした気分になります」

「クッキー食べるだけで？」

「食べるだけで」

「それなんかヤバい成分入ってるんじゃないの」

「ふふふ」

「入ってるんだ……」

朝から路上でヤバいものを売り歩く魔女。それが灰《はい》の魔女イレイナという女性でした。

このままでは彼女がただヤバい奴であると思われかねないためにひとつ訂正《ていせい》しておきましょう。

本日の彼女の格好《かっこう》に魔女らしさはなく、深くフードを被《かぶ》り、顔がばれないように口元《くちもと》は布で覆《おお》い、時折漏《こぼ》れる笑みは「ふふふ」と金に目がくらんだ小悪党《こあくとう》が如《ごと》し。そうですね。擁護《ようご》のしようがないほどヤバい奴ですね。

「クッキーの代金は金貨一枚でいいですよ。どうです？」

………。

お金儲《もう》けのためだとかそういった邪《よこしま》な事情は一切《いっさい》ないと思いたいところですが実際のところ旅をする上でお金も入り用《いよう》ですので旅先でお金を稼《かせ》ぐ場面も出てくるものです。じゃ仕方ないですね。

「こらああああああああああああああ!」

しかしそのとき人ごみを切り裂《さ》くかのように大通りに叫《さけ》び声が響《ひび》き渡りました。

見れば道の向こうから一人の若い女の子が怪《あや》しげな商人ことイレイナさんめがけて走ってきております。

ローブあるいはロングコートのように丈《たけ》の長い青の制服に袖《そで》を通しており、見た目は十八歳程度。束《たば》ねた金色の髪《かみ》を頭の後ろで一つにまとめており、青い瞳《ひとみ》はイレイナさんを睨《にら》みつけております。

「またあんたね!」

ぷんすこ怒《おこ》っておられる彼女は、この国の治安維持《ちあんいじ》を担《にな》う組織、通称《つうしょう》、断罪人《だんざいにん》の構成員の一人。

「こんにちは。セーナさん」

彼女の名を呼び、お勤《つと》めご苦労様《くろうさま》です、と首《こうべ》を垂《た》れる怪しい商人ことイレイナさん。

「何度言ったらわかるのよ! ここは! 路上販売禁止《ろじょうはんばいきんし》って! 言ったでしょうが!」

悲鳴《ひめい》のように叫ぶセーナさんと怪しい商人イレイナさんはかれこれ五日程度の付き合いになります。

初めて二人が顔を合わせたのはイレイナさんがこの国に入国した直後のこと。

怪しいクッキーを今のように売り歩いているところに、セーナさんが今のように咎《とが》めてきたのが初対面になります。要するに温度感は違えどたった今交わされていたやり取りと大体同じようなことが五日前も起こったということであり、言い換えるならば怪しい商人ことイレイナさんは五日もの間何一つとして学習してないポンコツということにもなります。嘆《なげ》かわしいですね。

「はーもう！　何度言わせれば気がすむのよ……」

ため息をこぼしながらセーナさんはイレイナさんに手を出します。

「すみません」

えへへ、と笑いながらイレイナさんは彼女の手に金貨を落とします。この国において断罪人に罪を咎められた場合、相応《そうおう》の罰金《ばっきん》を支払わなければならないという規則《きそく》があるのです。ゆえに手を出されれば条件反射《じょうけんはんしゃ》の如《ごと》き速さで金貨を差し出します。その様子《ようす》はまるで調教し尽《つ》くされた忠犬《ちゅうけん》と飼い主かのようでした。

お金を出すときは素直《すなお》なのに毎日のように詐欺《さぎ》を働く怪しい商人。従順《じゅうじゅん》なんだか反抗的《はんこうてき》なんだかよくわからない彼女にセーナさんは極めてうんざりしていました。

「ほんとにいい加減《かげん》にしなさいよあんた。何度同じことを注意させればわかんのよ。まったくこの前からあたしの仕事の邪魔《じゃま》ばっかりして――」

ゆえにお金を受け取った後もくどくどと苦言《くげん》を呈《てい》すのは当然のことといえました。

しかしそんな風にセーナさんからのお説教を受けながらも、「あれ？　もしかして金貨一枚じゃ足りませんでしたか？」などと思い至《いた》るのが怪しい商人イレイナという残念《ざんねん》な人間であり、そんな発想に至ったがゆえに彼女はすすす、とセーナさんの傍《そば》に身を寄せながら、

「まあまあ」と肩《かた》をぽん、と叩《たた》くのです。

「ちょっと。あんた本当にいい加減に――」

「これ、どうぞ」

そして怪しい商人は人差し指を口に添《そ》えつつセーナさんのポケットに包《つつ》みを突っ込むのでした。

「な、ちょっ……ちょっと！」

罪を裁《さば》く番人である断罪人は、目の前の罪人を見逃すことはなく、そして同時に自らが罪を犯《おか》すことなどあってはなりません。

収賄《わいろ》などもってのほか。

「お金なんて受け取れな――」

とは言いつつ「幾《いく》らなのかなー」と少しばかり期待してしまうのが人間の悲しい性《さが》。セーナさんはポケットから包みを取り出しました。

「…………」

そこにはさっき売っていた怪しいクッキーが一つ。

「中、開いてみてください」こしょこしょと怪しげな感じに催促《さいそく》するイレイナさん。「私の占い、よく当たるんですよ」と得意げな顔すらしていました。

クッキーの中には紙切れが一つ。

『賄賂受け取るといいことありますよ』

とだけ、書いてあります。

「…………」

閉口《へいこう》するセーナさん。

「ふふふ。もう一個おまけしてあげますね。みんなには内緒《ないしょ》ですよ？」

そしてついでとばかりにクッキーをもう一つ重ねる怪しい商人が一人。早速《さっそく》いいことありましたね、とご満悦《まんえつ》な表情を浮《う》かべておりました。

「こいつ全然反省してねえ……！」

以上。

そのような怪しさ満点の朝をここ数日間繰り返しているわけですが、この怪しい商人イレイナさんは本来は魔女であり旅人です。

旅人がひとつの国に五日も滞在していれば、現地で知り合いの一人や二人くらいはできたりするものなのですが、この国においてもイレイナさんには、毎晩のようにレストランで夕食を共にする程度には仲のいいお友達が一人できたといいます。

「はぁ好き。もっと撫《な》でて、撫でて。結婚しよ？」

「………………」

少々お値段の張《は》るレストランにてイレイナさんと向かい合いながら、とろんとした目でそのお友達はイレイナさんを見つめます。「可愛《かわい》い。ほんと可愛い。食べちゃいたい」あるいは獲物《えもの》を狙《ねら》う獣《けもの》の目かもしれません。

そんな危《あぶ》なっかしい彼女と目を合わせないように遠くを見つめながら淡々《たんたん》と食事を摂《と》るイレイナさんでした。

「…………」

いえ、ひょっとすると彼女が目を合わせないのは別の事情によるものかもしれません。

「ねえ、ねえ聞いてイレイナさん。あたしね、今日もお仕事一杯頑張《いっぱいがんば》ったの」イレイナさんと向き合う彼女は嬉《うれ》しそうに語ります。「今日もいつもの変な女が街《まち》をうろついてたからね、あたしね、いつもみたいにびしっと言ったの。それでね——」

要領《ようりょう》を得ない彼女の言葉を簡単にまとめると彼女は今日も嫌《いや》なお仕事を頑張ったから褒《ほ》めて欲しいとのことでした。ですからイレイナさんは、

「そうなんですか。頑張りましたね」

えらいえらい、と投げやりに褒めて差し上げました。

「えへへへへ」

嬉しそうに顔を綻《ほころ》ばせる彼女。

「…………」

イレイナさんはとても微妙《びみょう》な顔をしながら、彼女からまた目を逸《そ》らしました。

それはこの国で出会い、今一緒にお食事を摂っている最中《さなか》の彼女のお仕事というのが断罪人という職業だからであり、そして彼女の名がセーナだからであり。

「えへへ。もっと撫でて」

そして彼女が見せる顔が昼と夜ではまるで別人かのように異なるからでした。

「…………」

ところで。

目の前のセーナさんと同様に、昼と夜ではまるで別人であるかのように振《ふ》る舞《ま》っていながらも素知《そし》らぬ顔してセーナさんと卓《たく》を囲《かこ》んでいるこのイレイナさんとは一体どなたでしょう？

言うまでもありませんね。

そう、私です。

○

遡《さかのぼ》ること五日ほど。

私は旅の最中に、天秤《てんびん》の国バスカという国に辿《たど》り着き、門を叩きました。

「魔女様は我々の組織――断罪人という組織をご存《ぞん》じでしょうか」

入国審査を終えて門を通った直後に、青い制服姿の男性がひょっこりと私の前へと現れ、「ちょっとお話よろしいですか？」と手招《てまね》きをひとつ。

彼は自らを、この国特有の組織である断罪人という組織の役員であると名乗りました。

ふらふらとついて行ってみれば、『断罪人』と書かれた建物の応接間《おうせつま》へと案内され、そうしてこの天秤の国バスカ特有のお仕事について聞かされたのです。

「二十年以上前の我が国は嘆かわしいことに非常に治安が悪く、窃盗《せっとう》、詐欺、脅迫《きょうはく》、暴力《ぼうりょく》といった犯罪《はんざい》の数々が横行《おうこう》していたのです。当時は街全体が犯罪で溢《あふ》れているあまりに住民は一人で外に出歩くことすら憚《はばか》られるほどでした」

「ほうほう」それは大変ですね、と頷《うなず》きつつテーブルに置かれたドーナッツと紅茶《こうちゃ》に視線が釘付《くぎづ》けになる私でした。そういえば朝から何も食べておりません。

「国の治安を維持するため――そして街の人々が安心して通りを歩くためには、犯罪の取り締まりを強化しなければなりません。あ、ドーナッツと紅茶はどうぞお好きに」

「あ、すみません。ありがとうございます」早速とばかりにドーナッツの端《はし》っこをかじる私でした。

「それで、治安維持のために作られたのが断罪人という組織ということですか」

「ええいかにも」

構成員の誰もが魔法使いである断罪人は、単独《たんどく》で犯罪の取り締まりから処罰《しょばつ》までを任されており、断罪人によって多くの犯罪者が公衆《こうしゅう》の面前《めんぜん》で処罰されたといいます。罪人が一人、また一人と断罪される様子は、やがて抑止力《よくしりょく》として作用するようになりました。日に日に犯罪者は街の大通りを歩かなくなり、そして二十年経《た》った今に至っては犯罪件数ゼロを達成するまでになったといいます。

「犯罪者ゼロですか。凄《すご》い成果じゃないですか」私はドーナッツを掲《かか》げつつ相槌《あいづち》をひとつ。

まんまるの穴の向こうで役員さんは「そうですね……」と眉根《まゆね》を下げて頷きました。望み通りに犯罪者が姿を消したというのに、顔色は曇《くも》っています。

「しかし犯罪者がまったくいなくなってしまうというのも問題なのですよ……、犯罪者の減少は喜ぶべきことですが、ゼロは喜ぶべきものではありません」

「というと」

「断罪人という職業は犯罪者が存在して初めて成り立つ職業です。このままでは我らの存在意義が危ぶまれるのですよ」

「……ああ」

なるほど、と合点《がてん》がいきました。

断罪人はあくまで犯罪者を取り締まるための組織です。

犯罪者を取り締まるために組織されたのが断罪人であるならば、犯罪者が街から姿を消せば彼らはお役御免《やくごめん》となってしまいます。

彼らが仕事をするためには犯罪者の存在が必要不可欠なのです。

犯罪者を取り締まり平和な街にするために組織されたというのに、平和になると困るとは奇妙《きみょう》な話ではありますけれども。

「近頃は我々断罪人という職業を問題視する声も上がっていると聞きます」

「ふむふむ」

事情はよくわかりました、と私は頷きます。要はこの国は現在ほんの少し平和ぼけした状態にある、ということなのでしょうけれども。「それで私は一体何をすれば？」

はてさえ何ゆえに旅人である私が入国と同時にお呼び出しを食らったのでしょうね？

首をかしげる私に役員さんは軽く頷きつつ、

「そうですね。さしあたって魔女様には罪を犯して頂《いただ》ければと思っています」

「んー？」

反対方向にころりと首を傾げる私でした。よく聞こえませんでしたね。耳が赤ちゃんになっちゃいました。もう一回言って欲しいです。「すみません何ですか？」

「さしあたって」

「はい」

「魔女様には」

「はいはい」

「罪を犯してもらいたいです」

「んんー？」

私はここに至って再度首をかしげたわけですが、冗談《じょうだん》かとも思ったわけですが、しかしながらその言葉は紛《まぎ》れもなく事実であったようです。

「こちらのお金は罰金の支払いにお使いください。軽犯罪であれば身柄《みがら》を拘束《こうそく》されることもありません。魔女様におかれましてはできるだけ多く、この国で罪を犯していただければと思います」

「ええ……」それは要するにこの国の滞在中にできるだけ多くの悪いことをしろ、ということなのでしょうけれども。「罪を犯しすぎて悪評《あくひょう》ばかりが広まるようなことは避けたいのですけれども……」

「もし心配なのでしたら変装《へんそう》などをされてはいかがでしょうか？　変装用の道具もご希望でしたら貸し出しますよ」役員さんはさらりと答えます。「万が一魔女様が罪を犯していたことが住民にばれたとしても、悪評が広まらぬようにこちらのほうでもみ消しておきますのでご心配なく」

「もみ消すて」

まるで悪人のようなことを考えるのですね——と私は呆《あき》れつつドーナツをかじります。それこそ役員さんのような方こそ断罪人に処罰されるような種類の方ではないでしょうか。

ドーナツの欠《か》けた輪を掲げてみると、その向こうで役員さんが悪い顔をしておりました。

「魔女様。認識されなければ存在していないことと変わりないのですよ」


さて、そんな堂々《どうどう》と表に出せないようなやり取りを経たのちに私は街に出ることと相成《あいな》ったわけですが、その折に何があったのかはもう既に語りましたね。

「いらっしゃいませー。このクッキーいかがですかー？　お安いですよー」

うふふふふ、と怪しいクッキーを売る私。

「ちょっと。ここは路上販売禁止よ」

そして販売……もとい怪しい商売中に私に声をかけてきた断罪人こそがセーナさんでした。

彼女は嘆息《たんそく》を漏《も》らしつつ、「あなた旅人よね。この国は初めて？　あのね、うちの国は昔から路上でよくない物を売る人間が多かったから、こういう大通りでの商売をそもそも禁じてるのよ——」と、大通りでの路上販売は何故駄目《なぜだめ》なのかを背景《はいけい》から語り、その上で路上販売をしたことへの罰金を求めました。

「ところでそれ、詐欺よね。今回は見逃してあげるけど、今後は控《ひか》えなさいよ」

本来ならば詐欺の罰金と合計して金貨一枚を要求するところを、初犯《しょはん》だからと大目《おおめ》に見てくれたりもしました。私が本当に犯罪者だったら彼女の温情《おんじょう》に少なからずきゅんときていたことでしょう。

「ありがとうございます」

「ま、気を付けなさいよ」私の肩にぽん、と手を置き立ち去るセーナさん。

断罪人のお仕事は街の監視《かんし》。

私に罰金を求めたように、悪い人間がいれば即座《そくざ》に捕まえ、お金を徴収《ちょうしゅう》するというお仕事です。

そして断罪人というお仕事は、悪人がいなければ成り立ちません。

というわけで。

「こんにちはー。このクッキーいかがですかー？　うふふふふ」

セーナさんが離れたのちに再び怪しいお仕事を再開する私でした。まあ役員さんから悪いことをして欲しいとのご要望がありましたからね仕方ありません。

「ん？　あれ？　ちょっとあんた。何？　マジ何してんの？」

数分後に戻ってきたセーナさんが「こいつ正気《しょうき》か？」などと顔で語っていました。お金を支払うと、彼女は「もう二度とするんじゃないわよ！　とりあえずあんたはここからとっとと立ち去りなさい！」と先ほどよりも語気《ごき》を強めて言うのでした。

「はぁい」

しかし役員さんから罪を犯せと頼まれてしまっていますからね。

私はそれから場所を何度か変えて、しかし相変わらず怪しいクッキーを売り歩くのでした。時には大通り、時には喫茶店《きっさてん》、時には裏通り。ありとあらゆる場所でクッキーいかがですかー、と私は尋《たず》ね、その度に断罪人の方に見つかっては「何してるんですかー？」とお金を要求されました。

初日のうちに断罪人と遭遇《そうぐう》した回数はおよそ二十回程度といったところでしょうか。

まあまあの数ですね。

「ちょっとあんたマジでいい加減にしなさいよおおおおおおおお！」

ちなみに遭遇した断罪人がセーナさんだった割合はだいたい七割程度といったところでしょうか。

二回目の遭遇の時点でまあまあお怒《いか》りだったセーナさんは三回目にため息をつき、四に「いや、ちょっ……マジでさあ……」と睨み、五回目あたりから八回目あたりに至るまでに「あれ……おかしいな……幻覚《げんかく》かな」と思考回路が変な方向に逸れ、九回目以降に我に返り、結果、今のように叫ぶようになったのでした。

「お勤《つと》めごくろうさまです」

「やかましいわよ！」

「これどうぞ」

もはや慣れたもので金貨一枚を流れるように支払う私でした。

「ありがと！」素直に本日何度目かの金貨を受け取るセーナさん。「もう駄目だからね。ほんとにもう絶対再犯しないでよね」

「ふふふ」

「笑ってごまかすな！」

ぷんぷんお怒りの彼女は「あーもうまったくもう！　とにかくもう二度とやらないでよね！」と声を荒《あら》らげつつ私の前から去ってゆくのでした。

元気有り余る声の割に、ふらふらとくたびれた足取りで。


大体そんな感じで初日は日が暮《く》れるまで、依頼された通りに断罪人の方々にお仕事を与えるために小悪党を演じたのでした。

昼間ずっと街でそんな感じに断罪人の方々と対峙《たいじ》したからか、夜になれば無性《むしょう》にお腹《なか》が減り、私は近場で宿をとり、荷物をお部屋に置いて、魔法使いらしい装《よそお》いに着替えてからレストランへと足を運びました。

夕食に丁度《ちょうど》いい時間帯だったからか店内はほどよく混んでいました。カウンター席に案内された私はメニュー表の一番上に載《の》っていた無難《ぶなん》なパスタを選び無難に食しました。味自体はとても美味《おい》しゅうございました。お店の雰囲気《ふんいき》もよく、従業員の方の対応もよく、この国の滞在中は通いたいと思ったほどでした。

ただ一つ不満があるとするならば、お手洗いに入れなかったことでしょうか。

「仕事辞《や》めたい仕事辞めたい仕事辞めたい仕事辞めたい仕事辞めたい仕事辞めたい仕事……」

お手洗いの扉《とびら》に両手をそっと添え、頭を何度も何度も頷くように打ち付けながらぶつぶつと呟《つぶや》く女性が一人おりました。その目は見るからに生気《せいき》が抜けており、試しに「あのー？」と声を掛けたところでこちらに見向きもせずにただただ「仕事辞めたい辞めたい」と繰り返すばかり。おやおやした。


ちょっとおかしな人ですね？

「すみません。どうかなさったんですか？」

できれば退《ど》いて欲しいのですけどー？　というニュアンスを含めて私は彼女の肩に手を置きました。

しかし。

「辞めたい辞めたい仕事辞めたいもうやだもうやだ……」

ぶつぶつと彼女は呟きながら頭をぶつけるばかり。私の声は彼女の鼓膜《こまく》と鼓膜を素通《すどお》りしているのでしょうか。とんとんと肩を叩いても、彼女の目の前で手をひらひらとさせてみても、おでこの辺りに手を添えて扉にぶつけないように遮《さえぎ》ってあげても、相変わらず彼女は「辞めたい辞めたい」と呟くばかり。

一体何が起きたのかもどこの誰かもわからない彼女ですが、なんとなく放ってはおけない気がしました。というか普通にお手洗いに入るために邪魔なので尚更《なおさら》放ってはおけませんでした。

「あの、とりあえず他のお客さんの邪魔になるので退きましょう？」あと主に私への邪魔にもなってます。

「仕事辞めたい仕事辞めたい仕事――あっ、あ、明日もお仕事あるんだった……帰らなきゃ……」

はたと目を覚ましたかのように顔を上げる彼女。お仕事を辞めたいと連呼《れんこ》しながら奇行《きこう》に走っていたというのに仕事に行かねばならない義務感で我に返るとはなんとも矛盾《むじゅん》に満ちていますね。

そして彼女は扉を開きました。

「ただいまぁ」

「そこお手洗いですよ」我に返ってないですねこれ。

「ああ落ち着く……。おうちの匂《にお》いがする」

「いえ芳香剤《ほうこうざい》の匂いっぽいですけど」

「明日もお仕事頑張らないと……。我慢《がまん》しなきゃ……我慢……」ぶつぶつと再び同じ言葉を呟き始めます。

「あの――」

本当に、大丈夫《だいじょうぶ》ですか？

と私は彼女に尋ねました。

その直後です。

「我慢……我慢――うっ、おえええええええええええええええっ！」

吐《は》きました。

盛大《せいだい》に、便器《べんき》に向かって思いっきり彼女は吐《と》しゃ物《ぶつ》を吐きました。よほど耐《た》え難《がた》いストレスに見舞われていたのでしょうか、弱音《よわね》を吐くことが許されない境遇《きょうぐう》にあるのでしょうか。便器に抱きつきながら大人の女性とは思えないほど情けない声をあげて、彼女は泣きました。

「だ、大丈夫ですか？」

突然の展開に慌《あわ》てながら、私はひとまず彼女の背中《せなか》を撫でました。

嗚咽《おえつ》を漏らして泣きながら吐く彼女。

金色の髪を頭の後ろにまとめた彼女のことを、私は知っていました。

セーナさん。

この国の治安を守る断罪人の一人です。


「ふえええええええっ……うええええええっ……ぐすっ」

私の向かいの席にて小さな女の子のようにぼろぼろと涙《なみだ》をこぼしながらパスタをほおばる彼女。

お手洗いで意味不明な行動をとっていた彼女を落ち着かせるために私はとりあえず彼女の手を引き、席に座ってもらいました。事情はさておき彼女をそのまま放置することなどできるはずもありませんでした。

で、目の前の彼女にはとりあえず食べて、飲んで、落ち着いてもらおうと思ったのですけれど。

「うっ、ふえええ……美味しい、美味しい……」彼女の手は忙《いそが》しそうにフォークを口に運び、涙を拭《ぬぐ》い、グラスを手に取っていました。

「そんなに慌てなくてもおかわりはいっぱいありますよ」まるで数日ぶりの食事であるかのようにせわしなく食べる彼女でした。「どうぞどうぞ、奢《おご》りですから、食べてください」

「こんな美味しいごはん食べたの久《ひさ》しぶり……」

「じゃああなたさっきまでこのお店で何やってたんですか……」

「記憶ない……」

「やべーですね」

「仕事終わったあとの記憶がまったくない……あたし何でここにいるんだろ……」

「ますますやべーですね」

曰《いわ》く気づいたらレストランのお手洗いの前にいたそうです。人は疲労《ひろう》が限界を迎えるとどうやら記憶を水に流してしまうようで。

状況から察するに彼女はお店に来ても特にこれといって注文もすることなくただただお手洗いで頭をぶつけ続けていたようです。彼女は「そもそもあたしの稼ぎじゃこんなお店でお腹いっぱい食べられないし……」とパスタをほおばりながら涙目で語ってすらいました。

国の治安を守るお仕事に就《つ》いていながら稼ぎがないとはどういうことで？

「あたしのお仕事、激務《げきむ》のくせにぜんぜん給料安いし……」

ある程度の栄養をお口に放り込んだおかげか、徐々《じょじょ》に彼女はまともな言葉を発するようになりました。「最近はただでさえ犯罪率が下がってるせいで住民からは税金の無駄遣《むだづか》いだの国のお荷物だの言われてるのに同僚《どうりょう》とか先輩《せんぱい》はまともに仕事しない奴ばっかりだし、そんな人ばっかりだから益々《ますます》住民からは白い目で見られるし……」

ちなみにまともな言葉の大半が愚痴《ぐち》でした。

食べれば食べるほど彼女のお口は面白いくらいに滑《すべ》りがよくなります。

「今日なんて変な女が何度注意しても変なクッキーの路上販売やめなかったし……」大きくため息をつきながらセーナさんは言います。「みんなみんな自分のことばっかり。もうやなことばっかであたし疲れちゃったな……」

「…………」私は彼女から目を逸らしつつ頷きます。「なんだか、その、苦労してるんですね……」

「うん……。でも、魔女さんみたいな人に会えて、ちょっとだけ安心したわ」

「？　そうですか？」

「この国に他人を心配できるだけの人がまだいるんだって、思えたから」

「あ、私、旅人です」

「しゅん……」

まさしく言葉の通り、しゅん、と落ち込むセーナさんでした。

「旅の魔女イレイナと申します。お見知りおきを」

そして期待させておいて申し訳ない話ではありますが、私自身、この国の方々とは何ら変わりないことでしょう。セーナさんに声をかけたのはお手洗いに行きたかったからですし。

「ところで私は今日この国に着いたばかりでして――もしよければ、色々と教えてくれません？」

そして今もまた、自分の利益のために彼女に提案をしている最中ですし。「断罪人のお仕事について色々と教えて欲しいんですよね。もちろん機密《きみつ》になっている部分に関しては話さなくて大丈夫です。あくまで話せる範囲で構いませんので」

もしもお話をしてくれるのなら、毎日こういう食事ができますよ、と付け足しつつ、私は言いました。

役員さんからの依頼を遂行《すいこう》するにあたって、セーナさんと仲良くなっておいて損《そん》はないでしょう。

そしてこの提案は彼女にとっても、損はないものです。

彼女はパスタをもぐもぐとしばらく味わったのちに、ようやくお昼に会ったときのような生気を取り戻してから、頷きました。

「愚痴も一緒に聞いてくれるなら」

◯

セーナさんのお仕事であるところの断罪人は彼女が語っていた通り、激務であり、そして彼女や断罪人の役員さんが語っていた通り、およそ国内での信頼度はここ最近著《いちじる》しく低下しておられるようです。

五日もいれば天秤の国バスカの実情はなんとなく見えてくるものです。

「おいお前。そこのお前。止まれ」

ある日私が公園のベンチでのんびりとしたお昼を過ごしているときのこと。見るからに柄《がら》の悪い二人組が、犬《いぬ》の散歩《さんぽ》をしていた女性に声をかけていました。

「……何か？」女性は二人組に迷惑《めいわく》そうな顔を向けていました。

それは二人組の男の服装が揃《そろ》って青色の制服——断罪人の制服を着ており、悪臭《あくしゅう》を放つ袋を手に持っていたからです。

「ここの公園で犬の散歩をするのは構わんが、犬の糞《ふん》はちゃんと回収してもらわねえと困るなぁ」

悪臭を放つ袋をポイと女性の足元に投げる柄の悪い男性。「犬の糞を放置し景観《けいかん》を損なったとして罰金を支払ってもらおうか」

その言葉に女性はたいそう驚いておりました。

「ええ？　でも私、放置なんてしてな――」

「口答えするなら俺たちの活動を妨害《ぼうがい》したとして罰金の額を引き上げるぞ」

にたにたと笑みを浮かべる男性二人。

糞を放置したという証拠《しょうこ》はどこにもなく、ほとんど言いがかりのような形で声をかけられた女性は、その後罰金を支払わされ、公園を後にしました。

青い制服を着た断罪人の人々は、私がわざわざ悪行を重ねずとも街の至るところで目にしました。

「おっと……こいつは一体何だ？」

街角のとあるケーキ屋さんの前に立ち止まる断罪人の男。店頭にはカラフルなケーキの数々が並《なら》べられています。断罪人は店長を呼び出すと、ケーキの数々を指差しながら「店長さん。こりゃ立派な規律違反ですよ」などとのたまいました。

はて一体何が問題だというのでしょう？

「こんなカラフルなもんが店先に並べられたら景観が損なわれるでしょう。こりゃ罰金ですなあ」

見たところさほどカラフルでもないように思えるのですが、結局、この国においては断罪人こそが規律であり、断罪人の裁量《さいりょう》によって罪の重さは如何様《いかよう》にも変幻自在《へんげんじざい》なのです。

「あらあら。貴方《あなた》。今そこのお店で買った袋、見せてごらんなさい」

とある本屋さんから出てきた男性を呼び止めたのは、女性の断罪人でした。彼女は男性からバッグを奪《うば》い取ると、「あら？　あなたは確か何も買わずに出てきたはずよね？　どうして売り物の本がここに入っているのかしら？　しかもあなた未成年《みせいねん》よね？　これはちょっとご両親に事情《じじょう》を聞かないといけないわね……」と詰《つ》め寄っていました。

珍《めずら》しくセーナさん以外でまともにお仕事をしている断罪人さんを見かけてしまいましたね。

「す、すみません……！　つい、出来心で……！　どうか親にだけは黙《だま》っていてください……！お願いします！」

「ん？　黙っていて欲しいの？　じゃあ……わかるわよね？　ね？」

すすす、と男性との距離を詰めつつ、こそこそとお金のやり取りを始める女性の断罪人。ここから先はよく見えませんでしたが恐らく沈黙《ちんもく》の見返りに男性から法外《ほうがい》な料金をもぎとったことでしょう。

…………。

まともな断罪人ってセーナさんしかいないんですか？

「お嬢《じょう》ちゃん。路上での販売は禁止されてるんだが、ご存じかな」

ある日、私が役員さんの依頼通りに街で怪しい商売をしていれば、当然のように断罪人さんが声をかけてきました。いつものセーナさんのようにヒステリックに叫ぶ声が聞こえてこないことに物足りなさを感じながらも私はここ最近退屈《たいくつ》している彼らにお仕事の実績を与えるのです。

いつもセーナさんに請求されている金額は確か金貨一枚でしたね。

「罰金として金貨三枚を貰《もら》おうか」

しかしその日、私に声をかけてきた断罪人はどういうことかセーナさんの三倍程度の金額を請求してきたのでした。おやおやこれはちょっと変な話ですね？

「金額間違ってません？」

「なんだ口答えか？　もっと金額を引き上げてもいいんだぞ？　……それとも拘束されたいのか？」

断罪人は懐《ふところ》から杖《つえ》と縄《なわ》の束《たば》をちらつかせながら私を見ます。

この国において断罪人は規律そのものであり、詰まるところ断罪人が黒といえば黒なのです。逆らえば反逆罪として牢《ろう》に突っ込まれることとなるそうです。セーナさん曰く、私の目の前の男が持っている縄は断罪人にのみ手渡されている特殊《とくしゅ》な縄であり、相手がどんな人間であろうとも、たとえ魔女であろうとも、最大十人まで拘束して無力化させることができる……と言われているそうです。実際どうかはわかりませんが。

「はいはい払えばいいんですよね」

ため息で応じながら、私は金貨三枚を男に手渡しました。街の住民たちが彼ら断罪人に逆らわないのも、きっと逆らえばどうなるかが容易《ようい》に想像できるからでしょう。

詰まるところ、お縄になりたくないのです。

「そんな便利な縄があっては断罪人は横暴《おうぼう》になるばかりではありませんか？」

断罪人の男に金貨三枚くすねられた日の夜に、「いつもあなたが愚痴ってる変な女、今日は男の断罪人に金貨三枚たかられてましたよ。悪いことをしていた罰が当たったようですね。よかったですね！　ふんっ」と遠回しに男の断罪人の悪行《あくぎょう》を告げ口しつつ、私は首をかしげていました。

断罪人に力が偏《かたよ》りすぎてはいませんか？

「断罪人が設立された当初はそうでもしないと犯罪者が減らなかったそうよ。悪者をこらしめるためには多少の強引さも必要な時代だったのよ」

「で、その当時に使われていた道具だけが残ってしまったわけですか」

「まあそういうことね——時代にそぐわないような代物《しろもの》だし、滅多《めった》に使わないんだけどね。残念ながらアレを悪用しようとする同僚《どうりょう》がいるのも現状なのよ……」

「酷《ひど》い話ですね」というかそもそも縄など必要なのでしょうか。「この国にはもう犯罪者がいないのではないですか？」

入国した当初に聞いていた話と、今のこの国の現状はまるで矛盾しています。

役員さんは「犯罪者は姿を消した」と言っていたはずです。断罪人に裁かれるようになった者はこの国から消え失せたはずなのですけれども——しかし見たところ断罪人たちは日々色々な住民に難癖《なんくせ》をつけて回っていますし、街の住民たちも全員が全員善良というわけでもなく、万引きなどのれっきとした犯罪も数日の滞在で見受けられました。

にもかかわらず犯罪者ゼロとは妙な話ですね。

「簡単な話よ。この街の大半の断罪人が、一日で検挙《けんきょ》した犯罪を報告に上げてないのよ」さらりとセーナさんは言いました。

「しかしセーナさんは報告に上げているのでしょう？　この国に入国するとき、犯罪がゼロの国って聞かされましたよ？」

「ふふふ」私が指摘すると彼女は力なく笑いました。「そうね……あたしが検挙した犯罪の数々も正確に集計されていればゼロなんて結果にはならないんだけどね……」

「ああ……」

恐らくは彼女の同僚だけでなく、組織の中には数字をもみ消す輩《やから》が数え切れないほどに紛れ込《こ》んでいるのでしょう。結果、役員さんの耳に届く頃にはすっかり犯罪が起こらない美しい国となっているのでしょう。

「だからあたしのように小さい犯罪を取り締まって回っている口うるさい女は煙《けむ》たがられるのよ……」

「そして同僚たちもどうせゼロに変えられるならとお金を着服するようになると」

「うん……」くすん、と鼻をすするセーナさん。

「大変ですね……」

「あっ、やめて……優しくしないで……泣いちゃう……」

「よしよし」

「ふええ」

私に頭を撫でられると彼女は直後に泣きました。

怪しい商人の格好をした私に対応する断罪人の約七割をセーナさんが占めている事実からもわかる通り、彼女は街の至るところで秩序を正しています。

「こらあ！　そこのあなた！　路上での喫煙《きつえん》は罰金よ！　今すぐやめなさい！」

たとえば路上で煙《けむり》をもくもくとふかしていた男性を見つければすぐさま駆け寄り、煙草《たばこ》を奪いとり鎮火《ちんか》。それから罰金を男性からもぎ取っていました。

「こらあああ！　いま飲み物を捨てたあなた！　飲み残しはきちんと分別しなさい！　というか飲み切れないなら買わないこと！」

たとえば露店《ろてん》にていかにも写真映えしそうなカラフルな飲み物を購入し「やだー！　かわいいー！」とひとしきり騒いだ挙句《あげく》にゴミ箱にポイした女性たちを見かけた際も、セーナさんはすぐさま罰金をもぎ取っておりました。

「路上でのデモ行進にはきちんとルールがあります！　通りを往来《おうらい》する人の迷惑になるような活動は控《ひか》えるように！　あと文句《もんく》があるならこんなところで無駄に騒がずに直接やり合いなさい！」

たとえばデモ行進を見かければすぐさま行進を無理やり止めて、群衆からお金を徴収しつつデモを中止させたりもしていました。

彼女はとても仕事熱心です。この国に滞在している数日もの間に、街の至るところで彼女の怒号《どごう》が響いておりました。

しかしその熱意とは裏腹《うらはら》に断罪人という職業の印象はよくはないのです。

「いちいちうるせえんだよ。金の亡者《もうじゃ》め」

喫煙者は毒づいていました。

「あたしたちより悪いことしてる人なんていっぱいいるのにね」「わざわざあたしたちのところに来

るってことは暇《ひま》なのかな」

ゴミを捨てていた女性たちはセーナさんが離れたあとになって大声で話していました。

「国から権限を与えられてるような人には街の人間の不満なんてわからないでしょうね」「国の奴隷《どれい》め」「貴様らのような者がいるから我が国は腐敗《ふはい》するんだ」

デモの参加者の人たちが、去り際に彼女に対してぼそりと呟いていました。

「…………」

その言葉の数々を受けながらもセーナさんは住民たちの不満に視線すら返すことなく、淡々と街の人々から罰金を徴収し続けていました。

やはりこういう仕事をやっていれば非難を浴びることにすら慣れてしまうものなのでしょうか。あるいは、心をまるで鋼鉄《こうてつ》のように硬《かた》く、そして冷たくしなければ断罪人などという仕事は務《つと》まらないのかもしれません。

彼女は批判《ひはん》の数々などまるで効《き》いていないように見えました。

「うううううう……もうやだあああ……！」

とはいえ、まあ、効いていないように見えても実際彼女は結構傷《きず》ついていたようで、毎晩のように私はセーナさんと会ってレストランで食事を摂ったものですが、彼女は私と顔を合わせるなり、いつも死にそうな顔でテーブルに突《つ》っ伏《ぷ》していました。

「もうやだ……」テーブルから私を見上げつつ彼女はおねだりをひとつ。「撫でて……」

「よしよし」

「あっ……すき……」

「…………」

断罪人は激務《げきむ》ですから。

泣き言の一つも言いたくなるものでしょう。

「どうしたら街の人たちから嫌《きら》われずに済《す》むのかな……」

言い返さないからといって気にしていないわけでもありませんし、何一つ効いていないわけでもないのです。セーナさんは重い責任と仕事を背負《せお》っているだけの、ただの少女なのです。

私はテーブルの向こうの彼女の髪をおざなりに触《ふ》れながら、答えました。

「断罪人というお仕事の認識を変えてみればいいんじゃないですか」

「どういう意味？」

「悪い人間と仲良くなってみれば、少しは気も楽になるかもしれませんよ」

街の人々が断罪人を疎《うと》んでいるのは断罪人が昔に比べてお仕事がなくなったからであり、そしてセーナさん以外の大半の断罪人が、もうまともなお仕事をしなくなったからです。

今の断罪人の大半は悪い人間といえるでしょう。もはや今の状況だけを切り取れば、そもそもセーナさんのほうが異常であるかのようにも取れてしまいます。

大半がまともでなければまともでないことが正常ととられるようになるのです。

「お断りよ。そんなのあたしの主義に反するわ」

「そうですか……でもこんな毎日を過ごすのは辛《つら》くありませんか？」

「？　頭を撫でてもらうことに関しては不満はないわよ？　むしろこの時間は好きな時間よ」

「いえそういうことを言っているのではなく……」

「………………」彼女は相変わらず緊張感皆無《かいむ》の姿勢のまま私を見上げつつ、「あたし一人の力では断罪人の仲間たちを正すことなんてできないわ。あたし一人にそんなたいそうな力はないもの」

そして語ります。

「だから、待つの。辛抱《しんぼう》強く待ち続けるのよ。そうすれば、きっと時代は変わっていってくれるはずだから」

かつて犯罪者だらけだったこの国が時間の経過《けいか》とともに犯罪者を消していったように、街の住民が断罪人を疎み、断罪人たちがろくな仕事をしない今のこの現状も、きっと時間が解決してくれる。

「それまでの辛抱だわ」

未来に夢と希望を託《たく》しつつ、彼女はそんなことを口にしました。

私は答えます。

「どうでしょうね。時間が経てば経つほど腐敗は進むだけのようにも思えますけど」

「夢も希望もないこと言わないでよ」

彼女は対面から私を見上げて頬《ほお》を膨《ふく》らませます。

まったく困ってしまいますね。

彼女ことを知れば知るほど、この国の役員さんの依頼をこなすことが心苦しくなってしまいます。

「こらあああああああああああ！　あんた本当に懲《こ》りない女ね！　何度言ったらわかるのよ！」

翌日の朝もセーナさんは相変わらず怪しい商人の姿をした私のもとに怒鳴り込んできました。もはや毎日繰り返している日常の風景《ふうけい》となりつつあります。

彼女は私に対して「大体あんたはいつもいつも街の人たちに迷惑をかけてまったく本当に何度言ったら――」と延々とお説教を繰り返し、私はそれを笑いながらごまかします。ほどなくすると「今度は気をつけなさいよ」とため息をつかれるのが彼女とのやり取りの締《し》めくくりであり、本日も彼女は同様の台詞《せりふ》を吐きながら私の肩を叩きました。

ところが本日はそれで終わりではありませんでした。

「あと、これ」思い出したようにセーナさんはポケットから金貨を二枚取り出し、私の手に押し付けました。「この前、あたしの同僚から金貨三枚巻きあげられたでしょ。差額《さがく》は返しておくわ」

聞けば先日の私からの告げ口を聞いてから件《くだん》の断罪人を探し出し、お金を取り返してくれたそうです。「元はと言えばあんたが詐欺まがいなことをしてお金を稼いでたのが悪いんだけどね。でも金貨三枚は取りすぎだわ」

「…………」

私は彼女から手渡された金貨二枚をじっと見つめました。

国の役員さんから断罪人に手渡すためのお金として用意された大量の金貨のうちの二枚。

わざわざ返してくれるとは随分《ずいぶん》と律儀《りちぎ》なことで。

「ありがとうございます」

本当に、まったく困ってしまいますね。こんなにもいい人だと騙《だま》すのが心苦しくなってしまうではないですか。

ですから私は彼女の傍にすすす、と寄りつつ言いました。

「これ、どうぞ」言いながら彼女のポケットに包みを突っ込む私です。

「あんたって本当に懲りないわね……」

ただただ呆れるセーナさんに対して、私は人差し指ひとつ立てつつ、言うのです。

「周りの人たちには内緒《ないしょ》ですよ？」

○

それからほどなくして、私は宿屋に戻り、荷物をまとめて国を出る準備をいたしました。

元よりこの国に長期滞在するつもりはありませんでしたし、国の中での悪事も十分すぎるほどにやったことでしょう。役員さんも満足するはずです。

願わくばセーナさんと最後にもう一度夕食を共にしてから国を出たかったものですけれども。

べつに夕食を共にしなければならない義務があるわけでもありませんし、別にいいでしょう。

怪しい商人の姿のまま、私は入国した際に歩いた道を辿り、入国の時にお会いした断罪人の役員さんと再会しました。

「おや……あなたは？」

おっと商人の姿のままでは私が誰かわかりませんか。

私はフードを脱ぎつつお辞儀《じぎ》をしました。「旅の魔女です」

「おお、魔女殿《どの》。待っていましたよ」

入国してから数日ぶりにアポイントなしでふらりと訪れたものですが、役員さんとは何の問題もなくご対面できました。暇なのでしょうね。

「ご多忙《たぼう》のところすみません」

「いえいえ、構いませんよ。さあさあ、どうぞ」役員さんは私をテーブルへと促《うなが》します。座ると前回同様に紅茶とドーナツが用意されました。

しかし前回とは異なりお茶菓子を手に取る気にはなれませんでした。

本日私がここに来たのは、真面目《まじめ》なお話をするためです。

「この国に数日間滞在させていただいて色々なものを見れました」

役員さんからの依頼で悪事をこなしてきましたけれども、「入国した際にはこの国には犯罪者がいないと聞きましたけれども、数日の滞在で悪事をこなしている人間なんて数え切れないほど見ましたよ。街の住民も断罪人も問わず」

「おや、そうでしたか？　私のもとには報告が上がってきていないのですが……」

「あまり外を出歩かないんですか」

「役員はデスクワークが主でしてね」

「……そうですか」

では仕方ありませんね、と頷き、私はセーナさんとのお話の間で出た話題をこの場で並べました。

断罪人が現在この国では信頼を失いつつあること。断罪人の中には住民からお金を巻き上げるだけ巻き上げて、何の報告もしない不届きものがいること。一部の悪辣《あくらつ》な断罪人がいるせいで、真面目な断罪人の職務に影響が出てしまっていること。そして彼女たちの上司《じょうし》の中にも、真面目な職員たちから上がった犯罪の報告をもみ消している者がいること。

結果として役員さんの耳に届く頃には犯罪が勝手にゼロになっていること。

「犯罪が表面化していないことよりも断罪人が腐敗してきていることのほうが問題のように思えますね」

私は言いました。

このままこの状況を放置してはこの国に悪事が蔓延《はびこ》りますよ、とも。

役員さんは私の言葉に「ふむ……」と一度軽く神妙《しんみょう》に頷いたあとで、

「ところで魔女様、犯罪を犯していただきたい、という私の依頼はどうなさったのですか？　私が犯罪のためにお渡しした金貨は？」

と尋ねます。

おやおや私の指摘は無視ですか？　まあいいですけど。

「ご依頼の通り、役員さんからいただいたお金が尽きるまで悪いことを繰り返しましたよ。頂いたお金は全部使ってしまいました。残念ながらお返しできるお金は残っていません」

「それは妙ですね」

はっきりとした口調で役員さんは否定しました。

おっと。

もしやさっきセーナさんから返してもらった金貨二枚をこっそり着服したことがバレちゃいましたか？

などと一瞬ひやりとしたものですが、しかしそれから役員さんが放った言葉は私の想像の外にあるものでした。

「そのような報告は上がっておりません」

役員さんはのたまいます。

「私がお渡しした金貨を着服したのではないですか？」

はて一体この方は何を言っているのでしょう？

あまりに理解に苦しむその言葉に首をかしげていると、応接室の扉が突如として開かれ、数人の断罪人が杖と縄を手にしながら足並《な》み揃えてやってきました。

奇《く》しくもそれは街の人々に難癖をつけてお金を徴収していた断罪人たちでした。

彼らは私を取り囲むと、直後、杖をふるい、魔法で縄を操《あやつ》り、私を縛《しば》り上げました。

手足の自由は奪われ、指先は杖が握《にぎ》れないようにご丁寧《ていねい》に開かれ、もはや完全に私がただの犯罪者であると決めてかかっているかのような様子でした。

「……これは一体どういうことですか？」私は断罪人さんたちを睨みながら言います。「せっかくあなたのご要望の通りに嫌々《いやいや》ながら悪いことをしたというのに、随分と酷い仕打ちですね」

「依頼の通りに仕事をこなしていなかったからこうなっているのですよ、魔女様」

役員さんは言いました。「魔女様がこの国に来て以来、街の犯罪率はまるで上がっていないのです。一向《いっこう》にゼロのまま。街の住民は誰も犯罪を犯していないのですよ」

着服しているとしか考えられない、と彼は断言《だんげん》しました。

私の話聞いてましたか？

「だからそれは私の周りにいるこの人たちが報告を怠っているからであって——」

というか、そもそも。「さっきも言ったでしょう。ここにいる彼らのように不真面目な職員ばかりだから、あなたの耳に届く頃にはゼロになっているんです」

この国には犯罪者がいないわけではないのです。

いる事実をもみ消しているだけに過ぎません。

「何を仰《おっしゃ》いますか魔女様。私の部下の大半はきちんと仕事をしていますよ。職員たちから上がってきた数字をきちんと挙《あ》げてくれています」

「だったらゼロのはずがないでしょう」

「そうですなあ——だから私が仕事をするのですよ」

ここに至って彼はいともあっさり白状《はくじょう》しました。

「もみ消しているのは私のほうです」

認識されていなければ存在していないことと変わりない。

なるほど断罪人という組織は私が思っていたよりもずっと腐敗が進んでいたようです。

「我々断罪人は国から犯罪者を消すために作られた組織であり、犯罪者が国からいなくなれば、観光客が多くやってきてくれます」

私が拘束され、ほぼ丸腰《まるごし》と同義になった直後に役員は得意な顔で蕩々《とうとう》と語り始めます。「しかし困ったことに、以前のように犯罪者が蔓延らなくなったせいで、小遣い稼ぎができなくなりましてな」

「…………」

恐らくは断罪人という組織の中で権力を悪い方向に利用しようとする人間は以前から一定数いたのでしょう。

真面目な断罪人たちが悪人を正しいやり方で処罰する影に隠れて、彼らは以前からそうして悪い手段でお金を儲けてきたのです。

「で、近頃はいまいち儲からなくなったから旅人を引っかけて商売をするようになったんですか」

「商売とはとんでもない。私は金を盗んだ旅人を捕まえてもらっただけに過ぎませんよ」

「私はあなたから罪を犯せと頼まれたのですけれど」

「そのような非常識なことを頼んだ証拠がありますかな？」

「…………」

「ないでしょう。この国では断罪人という組織が罪を裁き、そしてその断罪人に拘束されているあなたは罪を償わなければならない立場にあるのですよ」

「なるほど」

これは困りましたね。

断罪人という組織が持つ権力を甘く見すぎていたのかもしれません。この国においては彼らが黒と言えば黒であり、そして人々にはそれらに抗《あらが》う術《すべ》がないのです。

とはいえ四人がかりで拘束というのは明らかにやりすぎではありませんか。

「並《なみ》の魔法使いならば一度に十人程度拘束できると聞きましたが」しかし縄は四方から私を縛り上げています。「もしかしてこちらの四人の断罪人さんはまともに魔法を使うことができないのですか？」

ちらりと私の周囲にいる断罪人の四人の顔色を窺《うかが》いました。

あまりに安い挑発に彼らは顔をしかめながらも、黙っていました。

「相手は魔女ですからなあ。慎重《しんちょう》にもなりますでしょう」彼らに代わって答えたのは役員さんでした。「暴れられたら何をされるのやらわかったものではありませんな」

「心配しなくとも両手さえ塞《ふさ》がれてしまえば魔法を使うことはできませんよ。反撃など何もできません」私はため息で役員さんに答えました。「それで、これからどうなるんですか？」

役員はにやりと笑みを浮かべました。

「そうですなあ。魔女様が行った行為は窃盗《せっとう》ですからなあ。私から盗んだ金額の全額返金は絶対必要になりますな、それから罰金の支払いと――余罪の追及《ついきゅう》もしなければなりませんから、取り調べを受けることになりますな」

「余罪ですか」

「あなたが街で怪しい商売をしていた噂《うわさ》がありますからな。罪が重かったり多かったりすると取り調べを受けるために拘束されるのですよ」

「ということは重罪人は牢屋に入れられるということですか？」

「そういうことになりますな」

「取り調べってどれくらいかかります？」

「さあ……虚偽の供述《きょうじゅつ》をしたり、罪を大人しく認めなかったりした場合はかなり長引きますなあ。ああ、それと被害者に事情聴取もしなければなりませんからその時間も必要になります」

「人数が多い場合も結構時間かかったりします？」

「当然でしょう」

ええー。

「それは困りましたなあ」

私はおじさん臭《くさ》い口調を真似《まね》つつ。

そしてため息混じりに言いました。

「じゃあ――あなたたちが拘束されている間は私は国を出られないということですか」

「……ん？」

こいつは一体何を言っているんだ？　と役員さんが首をかしげた直後です。

ぐるぐるぐる、と役員さんの身体に、蛇《へび》のような何かが巻き付き、手足を縛りました。

それが今まさに私を拘束している縄とまったく同じものであると役員さんが気づいた頃、お仲間である断罪人の四人も同様に縄が巻きつき始めていました。

彼ら四人がその生き物のような縄に「うわあ！」と情けなく驚き、慌て、取り乱しながら杖を振り回し始めたとき、私を拘束していた縄がはらりと解《ほど》かれます。手足の自由を取り戻した私は手始めに彼らから杖を取り上げました。

その機会を待っていたかのように縄は彼らをも拘束します。

あっという間の出来事でした。

「悪い人たちが捕まったようですね」いやはやよかったよかった、と満足げに頷く私。

あっという間に、この国で断罪人という立場を利用して悪事を働いていた人たちが拘束されました。これで少しは断罪人という職業の誤解も解かれるでしょうか。

いやあよかったですね。

私は特に何かしたわけでもありませんけれども、ひとまずひと段落ついたので、とりあえず一仕《ひと》事終えたような面《つら》をしておきました。

「……これは一体どういうことよ」

遅れて応接間の扉が開かれます。

とてもとても怪訝《けげん》な顔をしたセーナさんが、杖を持ちながら私をじっと見ていました。

○

この国に入って私はすぐに疑問を抱きました。

役員さんの言葉と異なり悪いことをする人間も普通に存在しており、私以外にも断罪人に捕まっている人が存在していたこと。

誰も罪を犯さないというのならば断罪人の存在すら認識できないほど平和でなければなりません。けれどこの国の様子はよそとまるで変わらなかったのです。

罪人は普通に存在していて、断罪人も普通にお仕事をこなしていました。けれど罪人はゼロだと役員さんは断言します。

犯罪ゼロという数字に裏があろうことはすぐに察しがつきました。

問題はどこでゼロになっているかという点です。この国の断罪人という組織のどこからどこまでが腐っているのかを見定めるためには少々時間が必要でした。

セーナさんの話を聞けば聞くほど断罪人という組織は腐敗しており、そして彼女と話をすればするほど、私に依頼された内容を疑いました。

ひょっとして役員さんは私を罠《わな》に嵌《は》めて罰金を取るつもりなのでは？　と思い至った頃には、私は既《すで》に何回も怪しい商売で罰金を払わされた後でした。この時点で素知《そし》らぬ顔して逃げてもよかったのですけれど、しかし断罪人さんは妙な縄を持っていますしね、拘束されてしまえば一巻《いっかん》の終わりです。ですから私は出国の直前、本日の朝方、セーナさんとお会いしたときに、紙切れを彼女のポケットに突っ込んだのです。

『私にこっそりついてくるといいことがありますよ』

たった一言の紙切れ。

怪しい商人であるところの私の言葉に、彼女はついてきてくれました。

「……あんたってほんと人が悪いわね」

不貞腐《ふてくさ》れたように彼女は頰を膨らませながら、紙切れを丸めてポイと投げつけます。私が彼女に渡した紙切れの占いには、続きがあります。

『毎日あなたの頭を撫でさせられてる魔女より』

私が何者であるのかを語るにはその一言は十分すぎるといえるでしょう。

「ま、待て……！　き、君はセーナ君だね？　こんなことはやめたまえ。君はその魔女に騙されているのだよ！」

縄に身体の自由を奪われた役員さんは、必死に彼女に訴《うった》えかけます。

しかしセーナさんは首を軽く振ると、

「申し訳ありませんがここで交わされた会話はすべて聞かせていただきました。詳しい事情は取り調べで聞かせていただきます」

と杖を引っ張り、縄をいっそうきつく締《し》め上げてから、彼女は彼ら五人を連行しました。

ずるずると引きずられながらも往生際《おうじょうぎわ》の悪い役員は必死に訴えかけます。幾《いく》らだ？　いくら欲し

いのだ？　出世《しゅっせ》したいなら口利《くちき》きしてもいいぞ？　などと。

都合《つごう》のよさと胡散臭《うさんくさ》さにまみれた情けない言葉の数々が彼女に浴びせられました。

「待ちたまえセーナ君。話を、話――」

そうして彼女の足を止める言葉を必死に探す役員さんでしたが。

「申し訳ありませんが」

しかし彼女は、つきものが落ちたようにすっきりとした笑みで、振り返り。

そして言うのです。

「待つのはもう嫌です」

○

セーナさんの手により捕まった悪い断罪人たちと役員さんは、それからほどなくして断罪人の本部によって正式に処罰されることとなったそうです。

後《のち》の取り調べで判明したことではありますが、どうやら彼らはかなり前から詐欺のような手法で街の人々や旅人たちからお金を巻き上げていたようで、調べれば調べるほど真っ黒というか、数十年前の治安が悪かった頃に蔓延っていた悪人たちよりよほど悪質なんじゃないかと街でまことしやかに囁《ささや》かれるほどだったとか。

そんな役員たちの悪行を暴露《ばくろ》したセーナさんは国から表彰《ひょうしょう》されることとなりました。

「今後は断罪人の組織改変がなされるそうよ」いつものようにレストランで向かいの席に座っている彼女は、「時間が経てば、今よりもきっとましな国になるはずよ」と淡々と語りました。

「そうですか」

相槌《あいづち》を打ちつつほんの少しの違和感を感じた私でした。「今日はいつもみたいにテーブルに突っ伏したりしないんですね」

本日のセーナさんはどちらかといえば街を監視している際に見られるような表情をしています。

「テーブルに突っ伏す？　そんなみっともないことするわけないじゃない」ふんっ、とつまらなそうに彼女は顔を背《そむ》けます。

おやおや。

「怪しい商人の前ではそういう顔はできませんか」

「別にそんなんじゃないわよ」セーナさんは首を振ったのちにこちらに顔を向けます。「ただ、誰が見てるかわからないでしょ。表彰されたばっかりなんだから」

格好悪いことできないでしょ、と彼女は言います。

なるほどなるほど。

「そうですね――」

私は頷きます。

人が生きている限り、誰の目にも触れないなどということはなかなか難しいものです。人に存在を認識される限り、人の行いは必ず他人の記憶に残るのです。

それがたとえよいことであっても。

悪いことであっても。

少し恥《は》ずかしいことであっても。

「いつだって必ず、誰かを誰かが見ているものですからね」

私は彼女の頭に触れながら、髪の流れに沿うように撫でながら、言いました。

「………」セーナさんは目を白黒とさせたのち、「ん？　何してんの？」

「よしよし」

「何であたし今撫でられてんの？」

「よしよし」

「さっきの話聞いてた？　ねえ」

「周りの人には内緒ですよ？」

ふふふ、と笑みを漏らしながら私は彼女をからかいます。

セーナさんはそんな私に「まったくもう……」と呆れかえって頬杖《ほおづえ》をつきながら口元を隠しました。少々にやけております。なんだかんだと毒付きながらも満更《まんざら》でもない様子が窺《うかが》えます。

きっとこれからこの国は彼女のいう通り、今までよりも少しまともな国になるのでしょう。しかしそんなまともな国になるまでの間に、セーナさんのようなまともな人の苦労があったことは、忘れてならないのです。

だからというわけではありませんが。

別れの挨拶《あいさつ》の代わりに、私は彼女の頭を撫でるのでした。

「お金をくれるならやめて差し上げても構いませんよ」

「あんたマジで全然反省してないわね」

第四章　演者たちの物語

平原をほうきが二つ並《なら》んで飛んでいました。

私と師匠《ししょう》の間に冷たい風が通り抜けます。春の麗《うら》らかな日差しの中で走り回る風はざわざわと草花の中に潜り込んでは音をたてていました。

それはそれはとても素敵《すてき》な時間で、私はずっとこの時間が続けばいいのにと、師匠を見ながら、思うのでした。

「なるほどね。平原をほうきで飛んでいるとずっとこの時間が続けばいいのにと思えるのね。なるほどね。ところでフラン。他には何を感じる？　次の国はどんな風に見える？　私の顔はあなたからはどんな風に見えるかしら？」

灰色《はいいろ》の髪《かみ》を揺《ゆ》らしながら師匠はこちらに顔を向けました。

薄《うす》く笑みを浮かべながら彼女はペンを走らせます。どんな風にと言われても困《こま》ってしまいます。

相変わらず綺麗《きれい》とでも言っておけばいいのでしょうか。

「ふふふふふ。相変わらずということはいつも綺麗だと思っているのね……照《て》れるわね……」

春の風のように気分屋な私の師匠は突然思いつきでよくわからない提案をすることがままあります。本日もそんな師匠に突然「ねえ、今どんな気持ちかしら。教えて頂戴《ちょうだい》」と尋《たず》ねられたために、私は思いのままに感想を語ったのですけれど。

「春の風はべつに気分屋じゃないと思うわ。今の表現はいまいちね」

………。

気持ちを教えてと言いながらちょくちょくダメ出しを挟《はさ》んでくるのが私の師匠という人でした。

私の師匠は冷たいです……まさしく春の風のよう。

「いや事実を普通に言ってるだけよ……」大袈裟《おおげさ》にため息をつく師匠。

「そもそも一体私は何をされているのですか……」釣られるように私もため息をつきました。「師匠に求められていることがわかりません」

どんな言葉が欲しいのかを言ってもらえれば考えますが、それすらないのでは感想の述《の》べようがないではないですか。

しかし師匠はそんな私に首を振ります。「それでは意味がないのよ。私はあなたの今の率直《そっちょく》な感想が欲しいの」

「どうしてです？」

「…………」師匠は逡巡《しゅんじゅん》ののちに答えました。「ちょっと今、小説を書いているのだけれど、旅を始めた頃の気持ちを上手《うま》く書けないのよ」

小説ですか。

「読ませてください」

「いやよ。まだ書けていないもの」

「では書き終わったら読ませてくれるのですね」

「ええ。だからあなたも協力して頂戴」目を細め、師匠は微笑《ほほえ》みます。「それで、今はどんなことを考えてる？」

「そうですね。師匠が書いた物語をとっとと読みたいなと思っています」

「あなた融通利《ゆうづうき》かないってよく言われない？」

「しかし私に聞かずとも師匠だって旅人でしょう？　旅を始めた頃の気持ちなどかつての自分を思い出せばいいだけの話では？」

するとは師匠はやれやれと肩《かた》をすくめました。

「フラン。旅人にとって、旅とは生活のすべてを表す言葉なの。移動している今この瞬間《しゅんかん》から、旅先で食事をしている瞬間も、お眠りしている時も、滞在《たいざい》先でぼうっとしている瞬間まで、何から何まで生活のすべてが旅なのよ」

「辞書によると旅とはよその土地へ行くこと、または旅行とありますが」

「あなた融通利かないってよく言われない？」

「いえそのようなことは言われたことがありませんね」

「おまけに記憶力もないとは驚きね」

「それで師匠、生活のすべてが旅であるから何なのです？」

「私ももう長い間旅をしているものだから、旅を始めた頃の新鮮な気持ちというものを忘れてしまったのよ」

なるほど。

「つまり私たちは記憶力に乏《とぼ》しい似た者同士ということですか……」

「年季《ねんき》が違うけどね……」

師匠は呆《あき》れつつ答えるのでした。

ともあれ、そういった事情で私にインタビューをしていた、ということなのでしょうか。「それで今は何を思っているの？」あらためて師匠は私に尋ねます。

「次の国に早く着きたいなと思っています。高揚《こうよう》しています」

私がそう答えると、師匠は「次の国が目前に迫ると早く着きたいと高揚する……そういえば私も旅を始めた頃は……」などとぶつぶつ呟《つぶ》きながらペンを走らせました。

文字を走らせることに集中しておられる師匠に代わって、私はほうきの先を見据《みす》えます。

平原の向こうに見えるのは、少し目線を逸《そ》らしただけで見失ってしまうほどに小さな建物の群れ。そのあまりに頼りない存在感は、国と呼ぶより集落《しゅうらく》と呼んだほうが適切に思えます。

「……もうすぐ着きますね」

師匠に語った言葉に嘘《うそ》はありませんでした。

目前に迫る国の姿に、私が高揚したのは事実です。

この国は、正式な国名とは別に有名な通り名があるのです。恐らく旅人や商人たちの間ではその名で呼ばれることのほうが多いのではないでしょうか。少々大げさで、胡散臭《うさんくさ》くて、けれど旅人であれば当然の如《ごと》く興味を抱く通り名がこの国には存在します。

私は見失わぬように国を見据えながら、その名を呟きました。

演者《えんじゃ》の国レキオン。

またの名を。

「物語の国――」

○

師匠がこの国のことを知ったのは結構前のことだといいます。

「ちょいとお姉さん。この近くに面白い国があるんだが、興味ないかい。演者の国レキオンって国なんだが」

とあるレストランで師匠がひとり食事を摂《と》っていたところ、見るからに軽薄《けいはく》そうな男がこの国のことを教えてくれたのです。

「この物語の国ってのはそりゃもう凄《すご》いもんでな、門兵の挨拶《あいさつ》からしてもう凄いんだよこれが」

などと言いながらぐいぐいと師匠にこの国の場所が記された地図（有料）を手渡してきたのです。

しかし、地図で記された国に行くことはありませんでした。師匠は地図を買ったことをすっかり忘れて別の国へと行ってしまったのです。

いかにも面白そうな国だというのにすぐに忘れてしまうなんて師匠らしからぬ気がしますが、何はともあれそれから長らくこの出来事は記憶の彼方《かなた》に追いやられました。

そして先日。

「ちょいとお姉さん方、この近くに変な国があるんだが――」

私と師匠でお食事を摂っているときに、これまた妙《みょう》な男が声をかけてきたのです。師匠はこのときに随分《ずいぶん》前に地図を購入したことを思い出し、そうして国の名を知ってから数年の歳月《さいげつ》を経《へ》て、物語の国へとほうきを向けるに至《いた》ったのです。

はてさて。

演者の国レキオンとは、物語の国とはどのような国なのでしょう？

「ようこそ我が国は演者の国レキオン！　ここは住まう人すべてが主役《しゅやく》であり脇役《わきやく》であり観客である物語の国！　あなた方の来訪《らいほう》を心より歓迎いたします！」

はい。

物語の国を自称《じしょう》するだけあって、この国は入国審査も一風変わったものでした。

まず門の前に着くと門兵さんが私たちの前に跪《ひざまず》き、熱く歌いながら国の説明を始めました。早朝というのに元気が過ぎる門兵さんでした。しかし一方で私たちは真顔《まがお》でした。のっけから深い温度差を感じて私は目がくらくらしました。

「申し遅れました。私は熱い門兵。あなた方の入国審査を担当いたします」

それから私たちは門兵さんに自らの名前と、予定滞在日数、入国の目的、などなど、単純な質問に答えました。先に師匠が答え、予定滞在日数をだいたい二泊三日くらい、入国の目的は興味本位、

と答えていたので、

「私の名前はフランです。予定滞在日数と入国の目的は隣の人と同じです」と言っておきました。

門兵さんは、

「よろしい！」

と力強く頷《うなず》いたのちに、「それではお二方、どうぞこちらを周囲によく見える場所につけてください」と、本日の日付が書かれた金色の丸いバッジを手渡してくれました。

これは一体何ですか？　と師匠が首をかしげると、門兵さんは、

「それはお客様バッジというものです。我が国に住まう役者たちとの区別のためにつけていただきます」と答えました。

門兵さんが最初に述《の》べたようにこの国に住まう人々はすべて主役であり脇役であり観客。しかし観光客にまでこれらの役割をすべて与えるのは酷《こく》というものでしょう。ですからバッジを手渡し、ただの観客であることを周囲に見せるのだといいます。

断る理由もありませんから、私たちは二つ返事でバッジを胸元につけました。

「それから我が国には注意事項が幾《いく》つかありまして、これらを破ると罰金となってしまいますのでお気を付けください」

国の人々の誰もが役者さんとのことですから、国の中で厳しくルールが定められているというのは自然なことでしょう。役者さんは守らねばなりません。門兵さんは、「役者さんに無理にサインを求めないこと」「役者さんに無茶な要求をしないこと」などのルールを「観客として守らねばなら

ないこと」として挙《あ》げ、それから、

「入国したあとは、最初に申告された予定滞在日数を破ってはなりません」

というルールを「観光客として守らねばならないこと」として挙げました。

罰金がある、という言葉に身構えてしまいましたが、しかし挙げられたルールはどれもごく一般的で常識的なものに思えました。ですから私と師匠はそれぞれ二つ返事で承諾《しょうだく》しました。

「よろしい！」

そうして私たちは物語の国への入国を果たしたのでした。

○

角ばった石畳《いしだたみ》が敷《し》き詰められた大通りを私たちは歩きます。

聞いた話によればこの演者の国レキオンという国は、大昔に滅び、人がいなくなった国を、近隣《きんりん》諸国から集まった演者たちが国として、そして演技を磨《みが》く練習場として利用し始めたのが成り立ちと言われているそうです。

演者の国レキオンとしての歴史もさることながら、この土地自体の歴史はさらにさらに長いそうで、そういう事情もあってのことなのか、街並《まちな》みはどこか古びており、通りから見えるのは古びて苔《こけ》を生《む》した建物の数々。

歴史を感じさせる落ち着いた佇《たたず》まいと言えるでしょう。

「………」

しかし街に蔓延《はびこ》る人々には落ち着きというものが一切合切《いっさいがっさい》ありませんでした。

「貴様《きさま》！　待てえぇえ！」『馬鹿《ばか》め！　待てと言われて待つものか！」

大通り。

子供のように騒ぎながらほうきで走り回るいい歳《とし》こいた大人が二人。『逃走犯』と書かれた看板《かんばん》を背負《せお》った一人は果実が整列した露店《ろてん》に盛大《せいだい》にぶつかりながら街を疾走《しっそう》します。

「きゃあああ！　うちの店が！」

露店の店主さんが悲鳴をあげました。路上が赤やオレンジや黄色に溢《あふ》れます。

「大丈夫《だいじょうぶ》ですかお嬢《じょう》さん！」するとすかさずどこからともなく現れた青年が露店の店主さんと一緒に果実を拾《ひろ》い集めます。

『恋のはじまり』

と書かれた看板が二人の傍《そば》には置かれていました。何のことやらと眺《なが》めていると、やがておてとおてが果物の上で触れ合い、「あ、ご、ごめんなさい……！」「い、いやこっちこそ！」と真《ま》っ赤《か》になるのでした。

そのようなドラマチックな展開の連続から視線を逸らしてみれば、そこでもまた別の物語が繰り広げられています。そして更《さら》に目を逸らせばまた別の物語。

この国はそこら中で物語が繰り広げられていました。

「これが物語の国……！」

私はそんな国の情景《じょうけい》に高揚しました。

「なるほどね――主役でもあり脇役でもあり観客でもある、とはよく言ったものね」一方で師匠は日記に文字を綴《つづ》りながら冷淡《れいたん》に呟きました。

私が首をかしげていると、師匠は、

「この国の人たちが行っている演技はいわば大道芸《だいどうげい》のようなものなのでしょうね。街の至るところで行われている演技で少しずつお金を儲《もう》けているみたいよ」

と言いながら通りの向こうをペンで差します。

その先には、人目をはばからず堂々と熱く抱擁《ほうよう》をする二人の男女の姿がありました。なんだか照れ臭い光景に目を逸らしたくなりますが、よく見ると、二人の傍には『愛し合う二人』と題された看板があり、その真下には小さな缶《かん》が一つ置かれています。

通りを行き交う人々は二人の前に立ち止まって見つめては「いい演技だ」と評して缶の中にお金を放り投げていました。

「この街の人たちは互いに演技を褒《ほ》め合って、互いの演技力を磨いているのでしょうね」

だからこそ主役でもあり、脇役でもあり、観客でもあるのでしょう。

この国の人々にとって、演技とはもはや生活の一部となっているようです。

「ああっ！　今日は何ていい日なのかしら！　いらっしゃいませ！」

はい。

試しに喫茶店に赴《おもむ》いてみれば、まるで世界のすべてが素敵な物で溢れているかのようにウェイトレスさんがくるくる回り踊りながら私たちを席までご案内。

ウェイトレスさんの胸元には『箱入り娘の店員』という謎《なぞ》の文字を綴ったボードが提《かか》げられており、ついでにやはり缶がぶら下げられておりました。

「いい演技だ！　じゃあ次は『暗い店員』を頼む！」

店内にいた他のお客さんの一人がウェイトレスさんを呼び止め、お金を缶に放り投げました。すると壊れたように笑って踊っていた彼女は、胸元の看板の文字を書き換えたうえで、また別の意味で壊れたようにすっかり肩を落として項垂《うなだ》れて、「…………私はどうしてこんな店で働いているのだろう……しにたい……」とため息を零《こぼ》します。

店内がそうして静かになったところで私と師匠は手を挙げてウェイトレスさんを呼び、お料理を注文しました。

「このパスタを二つ」

師匠はメニュー表の一番上に書かれているパスタを指差します。とりあえずこういうお店に入った時はおすすめのメニューを頼めば失敗はしないというのが私と師匠の共通認識でした。

先ほどと打って変わって性格が豹変《ひょうへん》したウェイトレスさんは、メニューを覗《のぞ》き込んでメモを書いたのちに、こてん、と首をかしげます。

「それだけですか……？」

暗い瞳が私たちを見おろしました。

「それだけですけど……」

べつにさほどお腹《なか》も減っていませんし――と師匠。

「後悔《こうかい》、しませんか……？　本当に、後悔しませんか……？」

「しないと思いますけど……」

「かしこまりました……残念……残念です……ふふふ……」

妙な圧を師匠に与え続けたのちにウェイトレスさんは深くため息をついて席を離れていきました。

あれは一体何だったのでしょうかと首をかしげながら、私はメニュー表を再度見おろします。

メニュー表にはお料理と飲み物が羅列《られつ》されているだけでなく、よく見れば隅《すみ》っこのほうに『催《もよお》し物』の欄《らん》がありました。

「……催し物も注文して欲しかったのではないでしょうか」

既に見た『箱入り娘の店員』と『暗《くら》い店員』のほかにも、『怒りっぽい店員』や『やる気の欠片《かけら》もない店員』、それから『思いっきり媚《こ》びまくった店員』や『世の中を舐《な》めているとしか思えない性根《しょうね》の腐《くさ》った店員』、『誰彼構わず愛想《あいそう》を振りまく八方美人《はっぽうびじん》でありながら愛情に飢《う》えている若干病《じゃっかんや》んだ店員』など種類は驚くほど豊富でした。豊富なうえに具体的でした。もはや一体何を売っている店なのかと首をかしげてしまうほどです。

結局私たちは、それから他のお客さんに呼び止められては面白いくらいに七変化《しちへんげ》し続けるウェイトレスさんを眺めながら、食事を摂りました。

「味は普通ね」

師匠はもぐもぐとウェイトレスさんを目で追いながら語り。

「お値段も普通ですね」

そして私はお財布《さいふ》に残ったお金を数えながら、頷くのでした。


お腹がいっぱいになった私たちがそれから街を歩いていると、やはり今まで同様に看板を提げた方を見かけました。

『素晴らしい男』

などと綴られた看板を脇に置いて、ポーズをキメる男性。

よその国で見かければただの不審者《ふしんしゃ》そのものですが、この国はこのような光景でありふれており、普通の光景なのです。

「もはや見慣れたものね」

「そですね」私は師匠に頷きます。「ところであの男性は何がどう素晴らしいのでしょうか」

「顔じゃないかしら」

私たちはそんな雑談を交わしながら、『素晴らしい男』とやらの前を素通りしました。

直後です。

「ちょっと顔がいいくらいで素晴らしい男を名乗ってんじゃねえ!」「役者面《づら》したいのかキメ顔したいのかどっちかはっきりしろや!」『出直してこいや!」

怒鳴《どな》り声が背後から響きました。

振り返ってみれば『素晴らしい男』の看板を立てていた彼に向かって果物《くだもの》と野菜《やさい》と石ころ等々あ

りとあらゆる物が投げられておりました。

律儀《りちぎ》なことに彼らはお金を缶に入れてから「ふざけんな！」と怒ります。その様子はまさに金さえ払えば何やってもいいだろとでも語るかのよう。

民衆の猛攻《もうこう》に、「ぐおおお……！」とイケてる顔に似合わずイケてない声を漏《も》らしつつ男性は倒れます。

これが『素晴らしい男』とのことですが。

「あの男性は何がどう素晴らしいのでしょうか」

「あら。わからないの？　フラン」

「師匠はわかるのですか」

「顔よ」

答えた直後に男性の顔にパイが直撃し顔がろくに見えなくなりました。

「あの顔のどこが素晴らしいのですか？」

「…………」師匠はしばし黙《だま》ったのちに咳《せき》ばらいをひとつ。「いい？　フラン、あの男性は周りの人間からいかなる扱《あつか》いを受けても平然として立っているでしょう？　この様子から何がわかると思う？」

「なにもわかりません」

「ふふ。まだまだね」得意げな顔を浮かべながら先ほどまでのやり取りを丸ごとなかったことにする我がお師匠。「あの男を見なさい。彼は決して反撃をすることがないの。あれこそ真の博愛主義《はくあいしゅぎ》者というものよ。誰に何をされても決してやり返さない。その心意気《こころいき》こそあの男を素晴らしい男たらしめているのよ」

「いえ絶対違うと思いますけど」

普通に批判《ひはん》されてるだけではないでしょうか……。

「ひっひっひ。この国では己の使命を全うできない者はすべからくああいう目に遭《あ》うのさ」

私が呆れているとどこからともなく名も知らぬおばあさまが訳知り顔で私たちの間に割り込んできました。

「おばあさまくわしく」

「おっとお嬢ちゃん。興味があるようだね?」

私が頷くと、おばあさまは「ひっひっひ。じゃあ話してやるかね」と怪《あや》しさ満点の口調で語り始めます。

「この国は演者の国。上手い演技は褒め、下手《へた》くそな演技は罵《ののし》る。そうやって素晴らしい演者たちが日夜切磋琢磨《せっさたくま》し、演技の技術を磨き始めたのが成り立ちさ」

急に現れた説明好きそうなおばあさま曰《いわ》く、この国は演技の技術を磨き合う素晴らしい国であると同時に、ろくに演技ができない下手くそは徹底的に罵られるといいます。

この国の民はすべて役者であり、そして役者の役割は観客を楽しませること。その役割をこなせないのであれば罵られても仕方がない、という考え方の国のようです。

「なるほどなるほど」ということで改めて『素晴らしい男』を眺める私。「ということはあちらの男性は」

「普通に叩《たた》かれてるだけさね」

「だそうですよ師匠」

「…………」師匠は年甲斐《としがい》なくほっぺを膨《ふく》らませました。「ま、そういう見方《みかた》もあるわね」そして
ふい、と顔を背《そむ》けるのでした。

拗《す》ねてる……。

「よく覚えときな。この国は物語の国。役割をこなせない者は淘汰《とうた》される厳《きび》しい国なのさ」

「そのようですね」私は頷き、イケてる男性だった方に目を向けます。

男性は「くそぉ……」と呟きながら、お財布からお金を出していました。手が伸びる先には、一体いつからそこにいたのか入国審査を行ってくれた門兵さんと同じ格好《かっこう》をした方がおり、「罰金、確かに受け取りました」と冷淡な声で告げています。

むむむ？

「あれは何です？」

説明好きそうなおばあさまに再び尋ねる私でした。

さほど珍《めずら》しい光景でもないのでしょう。おばあさまはたいして驚くこともなく、「見ての通りさね」と頷き、

「役割をこなせない者は罰金を支払う羽目《はめ》になるのさ」と答えました。

そしてついでとばかりにおばあさまは『説明好きなおばあさま』と書かれた看板と缶を私たちに

向けて掲げて見せました。

…………。

ここで私は、ふと思います。

役者の役割は、観客を楽しませること。

では観客の役割は、一体何でしょう？

「――ちょっと、君たち。少しいいかな」

ぽん、と私と師匠の肩が叩かれました。振り向けば制服姿の男性が一人。

彼は冷淡な眼差しを私たちに向けつつ、尋ねるのです。

「住民から苦情が来ているのだが――君たち、役者たちにお金は支払ったのかね」

観客の役割を果たしているのかね――と。

○

入国した直後から今に至るまで、たくさんの演者さんによる演技を私たちは見てきましたが、しかし私も師匠も、お金を一切支払ってきませんでした。

他国でよくみられる大道芸のように、「よかったらお金をください」という意味合いでの缶だと私たちは勝手に思い込んでいたのですが、しかしこの国においては、役者が演技をしていればお金を払わなければならず、払わない者は罰金なのです。

無茶苦茶《むちゃくちゃ》です。

あまりにも無茶苦茶です。が、郷《ごう》に入《い》っては郷に従《したが》えといいます。私と師匠は肩を叩かれた時点でお金を支払う以外の選択肢がありませんでした。

「やられたわね……」

この国の人々は通りで演技をしている方にお金を払うことには何の抵抗もないのでしょう。この国に住まうすべての人が演者なのですから。お金など看板を立てればすぐに稼ぐことができます。

しかし私たちのような観光客には、お金を稼ぐ手段がないのです。

つまりこの国にいればいるだけお金が浪費《ろうひ》されるということになります。

「フラン。すぐにこの国を出るわよ」

「そうですね師匠。この国は駄目《だめ》ですね。詐欺師《さぎし》の国ですね」

騙《だま》されたことに気づき国を出ようとした私と師匠でした。大通りで演技を披露《ひろう》する人々にお金を次から次へと払いながら、私たちは通ってきた道を逆戻り。

しかし出国は叶《かな》いませんでした。

「お待ちください！　二泊三日で申請されておりますので出国は許可できません！」

門兵さんにぴぴーっ、と笛を吹きつつ止められました。

私たちは入国した際に、「観光客として守らねばならないこと」として、最初に申告された予定滞在日数を破ってはならないと、約束を交わしています。

門兵さん曰く、短すぎても、長すぎても駄目とのことで。

「まんまとやられたわね……」

「つまり入国時から既に罠《わな》だらけだったというわけですか……」

この国はどうやらとことん旅人や商人などの観光客に優しくないようです。

国にいる限りお金をとられ、そして出ることすら許されないのです。

二泊三日間の滞在で私と師匠はそれから四六時中演技とともにありました。出費を最低限に抑えるために、食事の時以外は宿から外出しないように決めましたが、それでも街の至るところで演技は繰り広げられているのです。

「こうなったら元をとるために最後まで見るわよ、フラン」

そして意地になった師匠は街で見かける度に食い入るように演技を眺めてはペンを走らせました。折角《せっかく》だから詳細まで記録に留《とど》めておきたいそうです。

「師匠なんだか楽しんでませんか」

「そんなわけがないでしょう」ため息で返す師匠でした。

それからしばらくして師匠は閃《ひらめ》きました。

「目隠しすれば演技を鑑賞《かんしょう》したことにはならないのでは……？」

その発想はまさしく天才《てんさい》の如《ごと》し。師匠は早速《さっそく》とばかりに自らの両目を布切れで隠しました。「ふふ……これなら誰も私に金を払わせることなどできないわね」

しかしほどなくして彼女のもとに一人の女性がやってきて、耳元で「むかしむかし、あるところに――」と朗読《ろうどく》を始めました。

こうして師匠の天才的な発想は普通に声だけの演技により普通に破られました。

「これは一本とられたわね……」

「師匠やっぱりなんだか楽しんでませんか」

「そんなわけがないでしょう」

何はともあれ。

こうして私たちは物語の国にて二泊三日の滞在を生き延《の》び、国を出ました。

「ふふふふふふふ……」

遠ざかる国を振り返り、師匠はほうきの上でとてもとても楽しそうに笑います。

とてもとても、悪い顔で。

○

ところで。

ここで一度、物語の国に来る前の出来事を振り返ってみましょう。

「ちょいとお姉さん方、この近くに変な国があるんだが——」

私と師匠でお食事を摂っているときに、妙な男が声をかけてきました。

男性は自らを旅人と名乗り、近郊にある演者の国レキオンという奇妙《きみょう》で詐欺師だらけの酷《ひど》い国の話を語ってくれました。

曰く、この国は入国直後から既に罠だらけで、どんな旅人でも商人でもたちまちお財布を空にされてしまう悪魔《あくま》のような国だといいます。

「演者の国レキオン……？　ああ」

お話の最中《さなか》に師匠は「そういえば」と手を叩《たた》いて思い出しました。この演者の国レキオンへの地図を昔、師匠は買ったことがあるそうです。

「地図まで買ったのに行かなかったのですか？」私は尋ねました。

「なんだか怪しかったんだもの」

師匠は答えつつ、「どうやら行かなくて正解だったみたいね――」と男性の話に耳を傾《かたむ》けます。

男性も例に漏れずお金を奪われてしまったようで、「この話をどうか色々な国で広めてくれ！　俺《おれ》のような被害者を増やさないためにも！」と私たちに頼み込みました。

師匠は首をかしげます。

「ところで演者の国レキオンでどんな風にお金をとられたのかしら？　詳しく教えてもらえる？」

「それが酷い詐欺《さぎ》に遭ってなぁ――」

「どんな詐欺？」

「え？　詐欺は詐欺だよ。それ以上でもそれ以下でもないだろうよ。とにかく、あんたらはこの演者の国レキオンに人が行かないように、この地図をレストランや宿屋で広めてくれよ」

詳細を訪ねられると男は話をはぐらかし、演者の国レキオンの具体的な位置が記された地図の束《たば》を私たちに手渡して去っていきました。そして彼は別の席で食事中の旅人にも同じように、演者の国レキオンがいかに酷い国なのかを語り始めました。

師匠はそんな男性の背中《せなか》を眺めながら、一言。

「なんだか怪しいわね」

数年前であれば恐らく警戒をして実際に赴くことはなかったでしょう。どう考えても数年前に師匠がお会いした怪しい男の仲間です。

しかし翌日になって、師匠はペンと本を手に持ち、件《くだん》の国へ向かうと言い出しました。

「悪い国と言われているのに行くのですか？」

私が尋ねると、師匠は当然のように頷きました。

「どれほど酷い国なのかを見てみたいと思って」

悲しいかな、人は酷評《こくひょう》であればあるほど興味を抱いてしまう生き物なのです。見てはいけないと言われれば顔を向けてしまう生き物なのです。

「それに」

師匠は不敵《ふてき》に笑みを浮かべながら言いました。

「数年前から同じような商売をしているのなら、それなりに稼いでいるはずだもの」

◯

「——それから二ケ、ケは、物語の国で見聞きしたことをまとめたものを薄い冊子にして、あちこちの

国でばらまきました。ある国では物語の国を褒め称《たた》える冊子を配り、またある国では物語の国を徹底的にこきおろした冊子を有益な情報として売って回りました。ニケの冊子を読んで興味を持った人たちは、物語の国がどこにあるのかを尋ねましたが、ニケは決して場所を教えませんでした」

「ええ？　どうして？」

朗読している最中の母の視界に割り込むように、小さい頃の私は母の両手に広げられている本を覗《のぞ》き込みました。

『ニケの冒険譚《ぼうけんたん》』。

小さい頃から好きだった本です。

「どうして場所を教えなかったの？」私は尋ねました。ニケの真意《しんい》が幼い頃の私にはさっぱりわからなかったのです。

母は笑顔で答えてくれました。

「いい国でも悪い国でも、人は興味を持ってしまうものでしょう？　だからニケは、そもそも物語の国なんて存在していないと思い込ませることにしたのよ」

単刀直入《たんとうちょくにゅう》に言ってしまうと、ニケが街の人々に渡して回った冊子に綴られている内容は、怪しい男たちが地図とともに渡してきた情報よりもあまりにも胡散臭《うさんくさ》かったのです。

ニケが冊子を街中に流せば流すほど、ニケが怪しい冊子を売って回っていることが噂《うわさ》になり、そして噂はいつしか、存在しない国の本を売ってお金儲けをしようとしている魔女がいる、という噂へと姿を変えたそうです。

「それで？　それでどうなったの？」幼い私はすっかり高揚して母の話の次を促《うなが》します。

せっかちな私に対して母は懐《なつ》かしそうに笑いながら、

「そういう噂を流されると困るって、演者の国の大人たちがね、ニケに泣きついてきたの」

演者の国は外から人が来なければ詐欺的な手法でお金を稼ぐことができません。ただでさえ小さく存在感のない国なのに、そんな国は存在しないと噂を流されては困るのでしょう。

純真無垢《じゅんしんむく》でよい子ちゃんだった当時の私は、彼らのそんな提案に憤慨《ふんがい》しました。

「でも、演者の国の人たちは悪い人たちなんでしょ？　自分勝手《じぶんかって》！」

「そうねえ──でも、ニケは彼らの提案を受けることにしたの」

「ええ？　なんで！」

とてもとてもがっかりする当時の私でした。ニケが悪い人の提案を受けるなんて！　とまだ穢《けが》れを知らない当時の私はショックを受けておりました。

そんな私を宥《なだ》めるように頭を撫《な》でながら、「心配ないわよ」と言ってくれました。

「だって、演者の国の人たちがニケに提案した頃には、とっくに演者の国は架空《かくう》の存在だと信じられていたんだもの」

だからね、ニケはこう答えたの──と母は少しばかり悪い顔で、言いました。

「お金をくれれば、黙《だま》ってあげますよ」

これからは──と。

「悲しいね」

降りかかる不幸を前に人はあまりに無力だった。

魔法使いによって、彼の恋人は殺された。遺体《いたい》はずたずたに裂《さ》かれ、身体中の骨が折られていた。

小都市《しょうとし》アスティキトスは魔法使いの入国を禁じているはずだった。

にもかかわらず殺人鬼《さつじんき》はある日突然、国の中に現れ、犯行に及《およ》んだ。犯人は買った刃物《はもの》の切れ味を試すように、戯《たわむ》れるように一人の女性を殺し、そしてまた突然、国から姿を消した。

一人の少女が無残に殺《あや》められた一件を機に、小都市アスティキトスでは魔法使いへの嫌悪《けんお》が増長《ぞうちょう》した。犯人を取り逃がした保安局《ほあんきょく》は責任を追及《ついきゅう》され、より一層、入国審査で魔法使いを取り締まるようになった。

しかしそれでも彼の恋人が帰ってくるわけではない。

失ったものは二度と取り戻すことはできない。

「悲しいね」

彼は再び、呟《つぶや》く。

どうして死んでしまったんだろう――と。

「…………」

クレタは、そんな彼の背中《せなか》をただ一人、見つめていた。

恋人が眠る墓《はか》を前にして立ち尽《つ》くす彼に、かける言葉が見つからなかった。

憧《あこが》れていた先輩に対して、その不幸に対して、彼女がかけられる言葉は一つもなかった。クレタは彼とその恋人のことをよく知っていた。

学校を卒業したら結婚しようなどと語り合い、いつも一緒《いっしょ》にいた二人だった。二人がどれほど深い仲であったのかは、胸が痛くなるほどよく知っていた。

彼女はいつも二人を目で追っていたから。

だからどんな言葉をかけても、彼を困らせてしまうだけだと、彼女は知っていた。

ただ彼女は、彼の背中に誓《ちか》った。

もう二度と、こんな悲しみを生ませないと。

●

窓の外では絶え間なく雨が降り注いでいた。

その日は小都市アスティキトスで三人目の被害者《ひがいしゃ》が出た日だった。

被害者は前回、前々回と同様に国の役人であり、まるでなぞるように、あるいは事件を追う保安局を嘲笑《ちょうしょう》するように、同様の手口が用いられていた。

遺体の状態を見れば魔法を殺害に用いたことは明らかだった。被害者は半分に折り畳まれたベッドの中に詰め込まれており、身体中には数え切れないほどの刺し傷。何度も拷問《ごうもん》を加えた形跡《けいせき》があった。

悲鳴や物音を聞いたとの証言は得られていない。今回の被害者も朝、家政婦《かせいふ》が起こしに来た際に遺体となった役人を発見したことで事件が明るみになった。

拷問を加えられたにしては昨晩《さくばん》は静かで、そしてベッドを染めている血は明らかに少ない。別の場所で殺害して、部屋まで戻し、ベッドを真ん中で二つにへし折ったものと推察《すいさつ》できた。

「おえっ……」

新人の保安局員は、喉元《のどもと》まで迫る不快感を抑えるように口元に両手を当てた。

涙《なみだ》が浮かび上がった瞳《ひとみ》で周囲を窺《うかが》うと、先輩局員の一人と目が合った。

ここ一か月、今日に至るまでに起きた同様の事件は二件。その両方の現場でクレタは吐《は》いている。

「吐いてきていいよ」

先輩局員はため息交じりに彼女の背中を押した。

「すみません……!」

クレタは身体を無闇《むやみ》に揺らさぬよう足早《あしばや》に遺体から身体を遠ざけ、事件現場のトイレで吐いた。

惨殺《ざんさつ》事件の現場など何度行っても慣《な》れるものではなかった。

「まただ……また……」

腹の底で不快感《ふかいかん》が渦巻《うずま》いている。

体の震えが止まらなかった。

「また、魔法使いが人を殺した……」

それが殺害現場を目にしてしまったことによるものなのか、それとも魔法使いへの恐怖《きょうふ》と怒《いか》りからなるものなのか。

彼女にはわからなかった。

○

「我が国、小都市アスティキトスでは原則として魔法使いの入国を禁じています」

旅をしていれば魔法使いの入国を拒《こば》んでいる国などは何度も目にしました。大抵《たいてい》の場合は私のように黒のローブに三角帽子《さんかくぼうし》に、魔女である証《あか》しの星をかたどったブローチなどを身に纏《まと》っているどこからどうみても魔女でしかないような格好《かっこう》の者は門前払《もんぜんばら》いを食らうものなのですけれども。

この国、小都市アスティキトスはどういうわけか私が門の前に立った時点で魔法使いの入国を禁じている旨《むね》を語ったのちに、「少々お待ちください」と小一時間待たされ、「雨の中の旅はさぞ大変だったことでしょう。通常なら入国の許可をしていないのですが、今回は特例です。どうぞこちらへ」とご案内してくれました。

私はどちらかというと雨の中で旅をしたことよりも雨の中でわけもわからず待たされたことのほうが大変だったなぁと思うばかりでした。

そうして空模様《そらもよう》のようにじめついた心情《しんじょう》の私が通されたのは応接室《おうせつしつ》でした。

「あなたが旅の魔女様ですか。これはどうも」

想像よりもお若いですな、とご老人。

驚《おどろ》いたような言葉を口にしながらも顔色をまるで変えない彼は、自らを保安局の局長と名乗り、ドーナッツと紅茶《こうちゃ》で私を出迎えてくれました。

ドーナッツと紅茶……。

最近同じようなことがありましたね……。

「ありがとうございます」感謝しつつ局長さんの前に座りつつ、「一応先にお話しさせていただきたいのですけれど、入国を許可する代わりに国内で犯罪の限りを尽《つ》くしてくれという話ならお断りですからね」と先手《せんて》を打っておきました。

「そのようなことを頼む役人がいるわけがないでしょう」軽く笑い受け流す局長さん。

いえつい最近似たようなものを見ましたが。

「それで何用ですか?」

私が首をかしげ話を促《うなが》すと、局長さんは、

「こちらをご覧《らん》ください」と言いながら、複数枚の写真が貼《は》り付けられた資料をテーブルに置きました。

「…………」

それはそれは、とても凄惨《せいさん》な事件資料の数々でした。綺麗《きれい》に折り畳《たた》まれたベッドの中で息絶《いきた》えている壮年《そうねん》男性たち。資料によると彼らはここ一か月で亡《な》くなった国の役人たちであるようです。

生前の写真とは似ても似つかないほどに恐怖で歪《ゆが》んだ顔で息絶えていました。身体中に刻まれた傷痕《きずあと》から察するに挟《はさ》むだけでなく鋭利《えいり》な刃物で切り刻んでもいるようです。

「これは」

何ですか。

と私が資料から顔を上げると、局長さんは淡々《たんたん》と語り始めました。

「我が国では魔法使いの入国は固く禁じています。当然ながら国民には魔法使いは一人たりとも存在していません。人を簡単に殺めることができてしまう魔法使いの存在は我が国にとっては脅威《きょうい》に他ならないのです」

しかし手渡された資料が魔法使いが起こした事件であることは明白《めいはく》です。

「どうやら一か月前から我が国に脅威が紛《まぎ》れ込《こ》んでいるようなのです。一体どこから来たのか、はたまた今まで身を隠していただけなのかはわかりませんが……、脅威《きょうい》であることには変わりない。そして恥《は》ずかしながら、我々には魔法使いと正面でやりあって無傷《むきず》でいられるほどの力はありません」

「……魔法使いが起こした事件ならばそういったことを専門に扱《あつか》っている組織に頼んではいかがでしょうか」

「魔法統括協会《まほうとうかつきょうかい》のことですか」眉《まゆ》をひそめる局長さん。「我々の国はあそこに借《か》りをつくることをよしとしていません」

「だから得体《えたい》の知れない旅人の魔法使いを使い捨ての武器として利用しよう、ということですか」

「そうは言っておりませんが」

しかしニュアンス的には同じことでしょう。

国で暴れる魔法使いによそ者の魔法使いをぶつければ、少なくとも保安局も魔法使いと正面《しょうめん》衝突《しょうとつ》は避けられますし、住民への被害も最小限に抑えられます。私とて馬鹿《ばか》ではありませんので状況からそれくらいの意図《いと》を察《さっ》することくらいはできますが、局長さんは言い訳のように言葉を並《なら》べます。

「魔女様にやっていただきたいのはあくまで犯人の魔法使いが暴《あば》れたときの対処《たいしょ》です。事件の捜査《そうさ》から逮捕《たいほ》まで、基本的には我々が対処します」

「つまり私は、いざというときの切り札ということですか」

「いかがですか？」

局長さんは伺《うかが》います。

窓の外に目を向けました。土砂降《どしゃぶ》りの雨はこれからもしばらくやみそうにありません。

土砂降りに耐えながら外の世界を旅するか。それともこの国にしばらく滞在するか。

果たしてどちらのほうがましでしょう？　私はしばし考えたのちに、答えました。

「そうですね。やりましょう」

「ありがとうございます」

あまり嬉《うれ》しそうには見えない顔で局長さんは頷《うなず》き、「それではこれより魔女様の同行人となる局員を連れてきます。魔女様はそれまでに魔法使いには見えない普段着《ふだんぎ》に着替えてください」。

事件解決に携《たずさ》わるといってもあくまで私の入国は特例《とくれい》。滞在期間中は私の傍《そば》には常に保安局の局員がつきまとうことになるそうです。

何もしていないのに犯罪者扱いですね。

「それと、我々からの指示があるまでは事件のことはくれぐれも内密にお願いします。街《まち》で誰に会っても、事件のことは決して、何も話さないでください」

応接室を出ていく間際《まぎわ》、局長さんは思い出したように振り返りながら、そのように語りました。

私は首を傾《かし》げました。

「事件のことを公表していないんですか？」

「当然です」

局長さんはあっさり頷き、答えます。

「魔法使いが街をうろついていると知れば住民はパニックに陥りますから」

○

シンプルな装《よそお》いに身を包んだ頃に、私と行動を共にする保安局の方がやって来ました。

「保安局員、クレタと申します。これからあなたと行動を共にすることになります。よろしくお願いします」

歳《とし》はだいたい私と同じくらいでしょうか。

曰《いわ》く、彼女は保安局の新人さんだそうです。

黒を基調としたセミロングで、光の当たらない内側の髪は、瞳の色と同じく深緑《ふかみどり》。黒い制服に袖《そで》を通し、堅苦《かたくる》しく敬礼《けいれい》を私に向けています。肩《かた》からはライフル銃《じゅう》をかけており、表情は硬く、緊張《きんちょう》しているようにも警戒《けいかい》しているようにも見て取れました。

「既《すで》に局長からお話があったと思いますが、基本的に魔女様は私と常に行動を共にすることになります。何をするときでも私から離れてはなりません」

「まあ、離れたくても離れられないと思いますけど」

敬礼する彼女の手と私の片手は鎖《くさり》で繋《つな》がった腕輪《うでわ》がそれぞれ嵌《は》められていました。鎖の長さから察するに大股《おおまた》で三歩程度の距離までしか離れることはできなさそうです。

「くれぐれも怪《あや》しまれるようなことは避《さ》けてください」

こんな腕輪で繋いでおきながらそれを言いますか。

どうやらこの国に魔法使いがいないというお話は事実なのでしょう。腕輪はただクレタさんと繋がっているだけで、指先は自由自在に使うことができます。魔法も使おうと思えばいつでも使うことができそうです。

魔法使いに対する知識が皆無《かいむ》に等しいのでしょう。

「善処《ぜんしょ》します」と軽く頷きつつ、「何はともあれ、これからよろしくお願いします」と私は彼女に一歩、近寄りました。

直後です。

「ひっ……！」

彼女は後ずさり縮《ちぢ》こまってしまいました。

物陰からかさかさと黒い虫が出てきたように、反射的に。

………。

「くれぐれも怪しまれるようなことは避けてくださいね、あなたも」

先が思いやられますね。


しかし一体何ゆえにこの国では魔法使いは忌避《きひ》されているのでしょうか？

「ひとまず私の家まで案内しますから、ついてきてください」応接間から街に出ると、クレタさんは傘《かさ》を差し、私と目を合わせることなくそのまま歩きだしました。

降り注ぐ雨の下、使い古されたレンガで形作られた家々が並ぶ街並《な》みが私を出迎えてくれました。

「いい街並みですね」これで晴れていれば尚《なお》よかったのですけれど。

彼女に置いていかれないように私は彼女の背中を追いかけながら、語りかけました。

「私たちの国の歴史において魔法使いほど取り返しのつかない大罪《たいざい》を犯《おか》した種族はいません」

私に目を向けることなくクレタさんは雨に向かって語りかけます。「まだ私が生まれる前、私の両親が子どもだった頃、外部から侵入してきた魔法使いたちが多くの罪のない人を手にかけました」

民家の数々を襲い、逆らう者を殺《あや》め、金目《かねめ》のものは略奪《りゃくだつ》し、使えそうな者は多少痛めつけてから

国から奪い去ったといいます。

どうやらその当時は今よりも随分《ずいぶん》と治安が荒《あ》れていたようで、国から国を渡り私利私欲《しりしよく》の限りを尽くす魔法使いの集団というものが存在していたようです。

幸いにも魔法使いの集団はそれから近隣諸国との協力のもと討伐《とうばつ》することができましたが、小都市アスティキトスには魔法使いに対する深い恐怖が刻み込まれたといいます。

当時この国に住んでいた魔法使いたちは同族が犯した過ちにより居場所を失い、去って行きました。

魔法使いが国から姿を消すまでに時間はさほどかかりませんでした。

「そういう経緯があって我々は古くから魔法使いの入国を固く禁じているのです」

背中を向けたままクレタさんは独《ひと》り言《ごと》のように呟きます。「私も局長も魔法使いを入国させるのは反対でした。魔法使いは人間ではありませんから」

「…………」

「魔法使いに頼ることを決めたのは――あなたを入国させたのは我が国の上層部の指示によるものです。我が国の歴史上、魔法使いが意図せず国内に紛れ込んでいた事例はこれで二度目になります。一度目は四年前。そして二度目は今回です。我々は今度こそ魔法使いを逃がさず、仕留《しと》めるつもりです」

四年前は取り逃がしてしまいましたから――とクレタさんは呟いてから、

「結局締め出してもどこからともなく湧いて出てくるのが魔法使いというものなのでしょう」

「まるで厄介《やっかい》な害虫《がいちゅう》みたいに言いますね……」

「ですから特例として、あなたの入国を許可したのです。偶然《ぐうぜん》訪れたあなたを入国させるか、それとも魔法統括協会に魔法使いを派遣《はけん》させるか。保安局に残されていた選択肢は二つのみでした」

「で、ましなほうが私を入国させることだった、ということですか」なるほど。「どうやら国の上層部のほうが現場よりも柔軟《じゅうなん》に物事を考えているようですね」

魔法使いの相手は魔法使いに。

実に合理的な判断ではないでしょうか。

「何か対策を施したという証拠《しょうこ》が欲しいだけですよ。顔も合わせず安全な場所から物を言うだけなら誰にでもできます」

「…………」

結局のところ、要約すれば「お前のような害虫とは馴《な》れ合うつもりはない」と言いたいのでしょう。つれないですね。

「食事や住居の提供などの最低限のものの提供はいたします。けれどあなたは一切《いっさい》手出しをしないでください」

「わかりました」

お望みとあらばそうしましょう。まあ要するにぼんやり過ごしていればいいわけですね？　望むところです。ぐうたらするのは得意ですよ。

「――ん？　やあ、クレタじゃないか。何をやってるんだい、こんなところで」

というわけで、そんなじめじめとしたやりとりののちに一切の関与をしないと決めた直後のこと。

通りの向こうからやって来た男性が、傘を上げて私たちを不思議そうに見つめていました。歳は恐らく二十代前半程度。体格は細く、身長もそれなり。雨の湿気《しっけ》にあてられたのか、髪はぐるぐると渦巻き割と激しめにうねっています。格好は極めてラフですが、皺《しわ》ひとつないシャツとスラックスには汚れひとつなく、肩までサスペンダーが真《ま》っ直《す》ぐ伸びています。格好からは几帳面《きちょうめん》な印象が見受けられました。

「久《ひさ》しぶりだね。今は保安局に勤《つと》めているんだっけ」

けれど男性の顔色はどちらかといえば人懐っこい印象がありました。彼がクレタさんに向ける笑みは柔《やわ》らかく、温《あたた》かさがありました。

「あっ、おっ、お久しぶりですティロスさん……！」私に背を向けたままのクレタさんの耳がみるみるうちに赤く染まっていきました。

「うん久しぶり。……そちらの人は？」

ティロスと呼ばれた青年の視線がこちらに向けられます。

「あっ、この、この人は、えっと……」あわわ、とクレタさんが遅れてこちらに顔を向けます。今にも湯気《ゆげ》が上りそうなほどに真《ま》っ赤《か》なお顔がそこにはありました。

焦《あせ》ってパニックになった彼女はそれから、

「えっと、その……」と私とティロスさんを交互《こうご》に見たあとで、「ぎゃ、逆に誰だと思います？」

などと怪しさしかない返答をなさるのでした。

「うーん……」ティロスさんの視線は私の顔から逸《そ》れて、下り、やがて手元に止まります。「なんだかただならぬ関係の人に見えるな」

「ど、どうしてわかったんですか……！」

驚愕《きょうがく》に目を見開くクレタさん。

いやそりゃ昼間から仲良く鎖つきの腕輪嵌めて歩いていれば怪しまれるのは当然でしょうに。

「…………」まったく困りましたね。

本当に本当に、先が思いやられます。

私は大きくため息をついたのちに、「申し遅れました。私、イレイナといいます」とクレタさんの肩に手を回しつつ、

「彼女のバディです」とティロスさんに自己紹介。

「バディ？」

首をかしげるティロスさん。

私は然《しか》りと頷きました。

「保安局の新人は二人一組で仕事をするものでして、コンビの仲を深めるためにおはようからおやすみまで四六時中一緒にいなければならないのですよ」

「へえ！　そうなんだ。それじゃあ、その腕輪も？」

「もちろんコンビの仲を深めるためのものです。ね？　クレタさん？」

そうですよね？　ね？　と私はクレタさんに返事を促します。

彼女は「ひゃ、は、はい！」とがちがちになりながら何度も何度も首を縦に振りました。

「なるほどね……」ティロスさんはどうやら私のその場しのぎの適当な言い訳で納得してくれたようでした。「でも、本当に久しぶりだね、クレタ。いつ以来だっけ——」

彼の興味の対象はそれから再びクレタさんへと戻り、二人の間で簡単な近況報告《きんきょうほうこく》と社交辞令《しゃこうじれい》混じりの会話が繰り広げられるのでした。

「——そうだ、せっかく久々に会えたことだし、今度どこかに食べにいかない？」

「は、はい！」

「あ、食べる？　そうか。じゃあお店を決めないとな……、あ、そういえば最近、大通りに美味《おい》しいレストランができたよね、あそことかどうかな」

「は、はい！」

「日付はどうする？　明日とか」

「は、はい！」

「そっか。じゃあ明日レストランで会おうか。楽しみにしているよ」

「は、はい！」

まあクレタさんは緊張まじりに「は、はい！」としか答えてなかったので社交辞令が成り立っていたかどうかは微妙《びみょう》なところではありますが。

ともあれお食事会のお約束をしたところでティロスさんは「じゃあね」と手を振り、雨が降りしきる通りの向こうへと消えていきました。

「…………」

「…………」

雨の大通りには、手を出すなと言っておきながら、怪しまれるようなことは避けろと強制しておきながら怪しさだらけの言動しかできなかったクレタさんと、私だけが取り残されました。

「ほんと先が思いやられますね」ため息をつく私でした。

「うぐ……」依然として顔は赤に染まったままの彼女は、私から顔を背《そむ》けつつ、「……彼とこんなところで会うのは想定外《そうていがい》でした。仕方ありません」

彼女の顔を見ればクレタさんにとってティロスさんがどのような存在であるのかは想像に難《かた》くありません。さしずめ憧《あこが》れの男性といったところなのでしょう。

しかし。

「一つ言っておきますね、クレタさん」

色々と聴きたいことや話したいことがあるのですけれども。きっと彼女と向き合ってお話しできるまではまだまだ時間がかかることでしょう。

だから私は、彼女の隣で、彼女と目を合わせることなく、一つだけお話をするのでした。

魔法使いを害虫扱いするのは結構ですけれども。

「害虫も使いようによっては益虫《えきちゅう》たりえるものですよ」

「…………」

クレタさんは私の横で怪訝《けげん》な顔をしておりました。「……どういう意味ですか？」

と言われましても。

言葉の通りの意味です。

「私たちは運命共同体です。まあ、少なくとも表向きだけでもこれから仲良くしましょうということですよ、バディさん」

○

鎖で繋がれている以上、私は宿に泊まることもできません。行動には極度の制限がかけられているのです。

雨の中しばらく歩くと、クレタさんが住むお宅まで辿《たど》り着きました。通りに面した集合住宅のうちの一部屋。通されたお部屋の中はほこりひとつとしてありませんでしたが、綺麗というよりは単純に物が少ない印象がありました。

「一人暮らしなんですか?」

おかえりの言葉がないもの寂《さび》しい空間に私の声が響きました。

「危険が常につきまとう仕事ですから、家族とは離れて暮らしています」ライフル銃を置き、制服を脱ごうとしながら彼女は答えます。「保安局が相手にするのは人の命をなんとも思わない犯罪者から、今回の犯人のようにいつの間にか国に紛れ込んでいた魔法使いなど危険人物ばかりです。家族を危険に巻き込みたくはありません」

「なるほど」

頷きながら私は部屋の隅《すみ》に視線を傾《かたむ》けます。

棚《たな》の上にいくつかの写真が立てかけてあります。ご両親と一緒にとった写真。犬の写真。友人と一緒に写っている笑顔のクレタさん。綺麗な風景の写真。それと、先ほど会った憧《あこが》れの人の隣《となり》で俯《うつむ》き顔を染《そ》めているクレタさん。

最小限の物しかない彼女の部屋の中でそれらの光景は一際輝いて見えました。

「この国に生きるどんな人にでも大切な人はいることでしょう」私の視線の先にあるものを、彼女も見つめていました。「誰もがああいう笑顔で暮らすためには、覚悟《かくご》のある誰かが守る役目を担《にな》う必要があります」

「その役割をあなたが担《にな》っていると」

「私だけではありません」緩《ゆる》く首を振るクレタさん。「私と、保安局の仲間たちが守っています」

「…………」

あまりにも重い責任を背負《せお》うにはまだ若すぎるように思えました。写真を眺《なが》める彼女の背中はあまりにも小さく見えてしまいます。

「家族と別居《べっきょ》していてよかったです。私の両親は私以上に魔法使いを嫌悪していますから、魔法使いと同じ屋根の下で寝るなんてきっと耐えられないでしょう。たとえ鎖で繫がれていたとしても」

「そうですか。ところでこの鎖、ちょっとの間外しませんか?」

「この流れでそれを頼みますか」ゴミを見るような目で私を見るクレタさん。「最初に申し上げた通り私はあなたを監視する役割があります。外すなどありえません」

「そうですか」

「はい」

「ところで脱いだ服はどうやって洗うつもりですか？」

私は彼女の足元を指差します。じゃらじゃらとした鎖のもとで制服が抜《ぬ》け殻《がら》のようになっています。片手が鎖で繋がれている以上、どうあがいても上着を完全に脱ぐことはできないのです。

「…………」

「…………」

しばしの沈黙。

のちに彼女は、いかにも渋々《しぶしぶ》といった様子で、

「……いいですか。着替えるときだけ外しますけど絶対に変な気を起こしたりしないでくださいね……！」

と警戒心剝《む》き出しの野良猫《のらねこ》のように私を睨《にら》みながら懐から鍵《かぎ》を取り出し、鎖を外し、着替えを私たちの間から取り除くのでした。

「お会いした直後からなんとなく思ってたんですけど、少し抜けたところがありますよね、クレタさん」

「余計なお世話です」

ふい、と彼女は顔を背けます。「事件の解決さえできればなんでもいいのです」

「そういえば犯人の目星《めぼし》はついているんですか？」

入国当初から少々気になっていたことではあるのですけれども。保安局の方もクレタさんも、私が国を数日で出ていく前提でお話をしていましたけれども。事件があと数日で終わる前提でお話をしていましたけれども。

首をかしげる私に彼女は頷きます。

「目撃情報から概《おおむ》ねの外見的特徴は明らかになっています」

●

「ああ、酷《ひど》いわ、酷いわ」

地下室に降り注ぐ僅《わず》かな月明かりの中、彼女は嘆《なげ》き悲しんだ。

身にまとうのは赤のドレス。深い赤紫《あかむらさき》のロングヘアが揺《ゆ》れ、血のように赤い瞳が月明かりを眺める。今日の新聞を握《にぎ》り締めながら、彼女は何度も何度も嘆き悲しんだ。

「こんなにも頑張《がんば》っているのに、国は魔法使いの存在をよほど認めたくはないのね」

深くため息がこぼれた。

彼女がこの活動を始めたのは三年ほど前から。表だった活動を始めたのは約一か月ほど前のことになる。魔法使いのいない国で生まれた彼女は、魔法使いという存在に深く興味を抱いていた。

ほうきで空を飛び、杖《つえ》を操り火も水も雷も自由自在に思うまま。ありとあらゆる事象《じしょう》を片手ひとつで引き起こすことができる存在。本の中でしか見たことのない魔法使いに、彼女は恋焦《こいこ》がれた。

国の歴史を紐解《ひもと》けば、小都市アスティキトスに魔法使いがいない理由は簡単に綴《つづ》られている。

「――まだ私が生まれる前、私の両親が子供だった頃。罪のない人々を虐殺《ぎゃくさつ》した魔法使いたちを、アスティキトスの人々は締《し》め出した。そういう歴史のもとで魔法使いのいないこの国ができあがった」

国の歴史書物にはそのように書かれていた。

「けれどそれは嘘《うそ》の歴史」

彼女は杖の先に魔力を込める。「魔法使いはこの国から姿を消したわけではない。本当はこの国の人々の多くが魔法を使えないと思い込まされているだけ」

杖を振るい、彼女は魔法を奏《かな》でる。

ざくざく。ごりごり。ばりばり。ぐしゃぐしゃ。

赤い飛沫《しぶき》が飛び散り、彼女の吐息《といき》が熱を帯びる。

「何でもできる魔法使いのような便利《べんり》な存在が街にありふれていたら、いつ国をひっくり返されてもおかしくありませんもの。だから表向きには締め出したということにしているのでしょう？　そのほうが都合がよいですもの」

杖を振るう。「大昔に魔法使いたちによる虐殺があったという話がそもそも嘘なのでしょう？　この国の歴史は何から何まで嘘ばかり。国の上層部のあなたたちに逆らえないように民から牙《きば》を抜いたに過ぎないのだわ」

私が魔法を使えることが何よりの証拠よ。と杖の先に唇《くちびる》を添えながら、彼女は言いました。「これは運命。偽《いつわ》りの歴史から魔法使いたちを解放するために選ばれたのよ」

国の陰謀《いんぼう》を止めなければならない。

魔法使いたちに自由を取り戻さなければならない。

彼女の使命感は、彼女が引き起こした事件の数々を保安局が隠せば隠すほど、熱く燃え上がる。

「ねえ、あなたもそう思うでしょう?」

素敵《すてき》だわ、素敵だわ。

彼女は呟き、視線の向こうに広がる血だまりの中心に笑みを向けた。

○

四人目の被害者はこれまでの三人と同じくこの国の役人でした。

遺体は半分に折れたベッドの中で体が不自然に折れ曲がっていました。光景《こうけい》はこれまで写真で見たものと相違《そうい》ありません。

現場に駆けつけた保安局の面々とクレタさんは、明らかにペースが速くなりすぎている犯行に焦燥《しょうそう》を覚えているようでした。

「また例の赤いドレスの女の目撃情報がありました」「なぜ捕まえられんのだ」「やはり事件を公表して犯人の情報を集めたほうがいいのでは——」「うっ……おええっ……」

私は遺体を遠巻きに眺めます。

恐らく時間をかけてゆっくりと、様々な魔法を試しながら殺《あや》めていったのでしょう。幾《いく》つかの爪《つめ》が剝《は》がれ、指はありえない方向に曲がり、肌《はだ》の一部は火傷《やけど》しており、さまざまな形状《けいじょう》の刃物で切り刻まれた跡もあり、鈍器《どんき》で殴《なぐ》られたような跡もありました。四回目といえどまだ拷問の方法は決めあぐねているようです。

魔法を使用した痕跡《こんせき》だけ見れば使用した魔法の種類は相当なもので、随分《ずいぶん》と贅沢《ぜいたく》に魔法を使用している印象がありました。

けれどこれまでとは決定的に違うことがひとつだけ、ありました。

私はベッドの向こうの壁《かべ》を見ます。

「沈黙《ちんもく》は罪《つみ》」

乾《かわ》いた血でたった一言、綴られていました。

それが事件を追う保安局の面々に向けられたものであることは言うまでもないでしょう。三度目までの資料でも見られなかったものです。

被害者を連れ去り、どこか人目のつかない場所で殺め、そして家まで運んでベッドに細工《さいく》する。あからさまなほどに目立ちたがりな犯行を繰り返す犯人は、どうやら自らに注目が集まらないことにフラストレーションを抱えておられるようで。

「……公表はしないのですか？」

入国した直後と同じような問いかけを、私はクレタさんに投げかけます。

「………！」彼女は手で口元を押さえ、涙目《なみだめ》になりながらも首を振りました。「イレイナさんが入国した時点で、もう、その方法はとれなくなりました」

「というと」

「保安局が魔法使いに協力を仰《あお》いでいることが知れれば住民からの信頼は失墜《しっつい》します。上層部が魔法使いに協力を仰ぐことを決めた、時点で……もう私たちは秘密裏《ひみつり》に事件を処理するしか……なくなっ、うえっ……」

「……一度吐いたほうが楽になれますよ」

「ごめんなさい……！」

ためらいがちに彼女はこくり、と一度だけ頷きました。

私は彼女をトイレまで連れて行き、それから背中をさすって差し上げました。これも鎖で繋がれている者の役割というものでしょう。

「うううっ……ううっ……」

便器に向かって彼女は嗚咽《おえつ》を漏《も》らします。

それが嘔吐《おうと》による嗚咽なのか、それとも泣いているのか、どちらなのかは私にはわかりませんでした。

それから事件の調査のために聞き込みを実施《じっし》しましたが相変わらず赤いドレスの女の目撃情報はあるものの、それがどこに行ったのか、どこの誰なのかは誰も知りませんでした。

次にいつ誰が犠牲《ぎせい》になるのかもわからないまま、時間だけが過ぎました。

「仕事が忙《いそが》しいみたいだね、クレタ」

夜になっても、彼女は依然《いぜん》として落ち込んだままでした。

せっかくの憧れの方との会食《かいしょく》というのに、暗く俯いたまま、目を伏《ふ》せています。

「すみません……」

「いや、べつに謝るようなことじゃないけど……」ティロスさんは向かい側の席で頬杖《ほおづえ》をつきながら、私たちを見ました。「今日は何か事件があったんですか？」

「まあそんなところですね」私は頷きます。

旧知《きゅうち》の仲の二人の会食にさり気なく同席している私をティロスさんは特に拒《こば》みはしませんでしたが、しかし私を見るその目からはどことなく「あれ……誘ったっけ？　バディの人ってこういう時も一緒にいなきゃ駄目《だめ》なの……？」という雰囲気《ふんいき》を感じ取れました。

でも鎖で繋がれちゃってるのですから仕方ないですね。

私とてクレタさんのプライベートにはなるべく関与《かんよ》したくありませんでしたから、事前に彼女には、

「そういえば今日はティロスさんと会食でしたっけ。鎖、どうします？　会食のあいだだけ外しますか？　それともいっそのこと私が同席しちゃいましょうか？」

と尋《たず》ねたのですけれども。

彼女は私の言葉に、

「はい……」

とだけ答えていました。見るからに上の空で、意識をどこか遠くへと追いやったとしか思えないほどにボンヤリとした返答でした。

「ん？　どっちですか？」

「はい……」

「クレタさん？」

「はい……」

「会食の間だけ鎖を外しますか？」

「はい……」

「それとも私が同席しちゃいましょうか？」

「はい……」

「もしくはいっそのこと会食自体をキャンセルしちゃいます？」

「はい……」

「なるほどなるほど。こりゃダメですね」

曰くクレタさんは事件が起こる度にこんな風になるようで、これまでの事件の時も殺人が起こる度に酷く落ち込んでいたと保安局の局長さんは話してくれました。

優しすぎるのでしょう。

局長さん曰く、四件目の殺人が起こった今日は特に、普段よりも一層落ち込んでいたといいます。

「――そういえば、イレイナさんにはまだまともに自己紹介はしていませんでしたね。僕はティロス。クレタとは学生時代の先輩後輩の関係でね、今は国の役所で働いている」

ひょっとしたら、立て続けに起こっている殺人事件とティロスさんを結びつけてしまったのかもしれませんね。

役人ばかりが狙われる一連の事件。

彼女の想い人もまた、犯人の獲物《えもの》になり得るのです。

「お役所で働いているのですか」ほうほう凄《すご》いですね、と私は目を見開きました。「お仕事、大変ではありませんか?」

「大変は大変ですけど、まあ、クレタほどではないですよ」ティロスさんの視線が私からクレタさんへと移り、戻ります。「国の人々を守る仕事なんて、僕なんかでは想像もつかないほど責任重大な仕事でしょうし。彼女が日々背負っているものに比べれば、まあ楽な仕事をしています」

ティロスさんは笑います。

「それで、何かあったの?」

依然《いぜん》として沈んだままクレタさんへと。

「…………」

彼に問いかけられて、彼女は少したためらうように沈黙したのち、やがてゆっくりと口を開きます。

「目の前に不幸な人が出る度に、自分自身の力のなさを痛感《つうかん》するんです」

これまでの三件も、今回の件も、決して彼女が悪いわけではありません。彼女が何かをしたから人が亡くなったわけではありません。

それでも責任を感じてしまうのは、彼女が背負っているお仕事があまりにも重い物だからでしょうか。

「誰かが酷い目に遭《あ》う度に、未然《みぜん》に防ぐことができたんじゃないかとか、もっと早い段階で食い止められたんじゃないかとか、そんなことを考えてしまうんです」

既に起こってしまったことを覆《くつがえ》す事などできないと知っていても。

それでも彼女は、別の可能性を願わずにはいられないのだと、語りました。

未だ事件の詳細は一般人に明かすことはできません。ですから彼女が用いた言葉はとてもとても抽象的《ちゅうしょうてき》なものでした。

それでもティロスさんには届いたようです。

「クレタは知っているだろうけれど——僕には四年前まで付き合っていた女性がいたんだ」淡々と彼は昔話を始めました。「学生時代の同級生でね、彼女は笑顔がとても素敵で、芯《しん》が強くて、自らの信念を決して曲げない強い女性だった。亡くなった今でも、彼女と過ごした日々を忘れたことはない」

「…………」クレタさんはゆっくりと頷きます。

「彼女が亡くなってからの日々は僕の日常に大きな穴を開けた。怒りと悲しみだけが募《つの》った。けれど僕の気持ちは誰にもぶつけられるものではなかった」

彼は語りました。

痛いほど、今のクレタさんの気持ちがわかる、とも。

「どうやって立ち直ったんですか？」

クレタさんは尋ねます。

彼は微笑《ほほえ》み、答えます。

「昨日に悩んで生きるのではなく、明日のために生きることにした」

それは本当にほんの少しの、些細《ささい》な変化だったと言います。「こうすればよかったのに、ああすればもっとよかったのに、なんて悩んで生きるのではなく、明日はこうしたい、次はこうしてみよう、なんて考えて生きるようにしたんだ。ただそれだけ。あまり偉《えら》そうに語れるほどの変化はしていないんだけどね――でも、そんなほんの少しの変化を経《へ》ただけで、今ではそれなりに幸せにやっているよ」

要は物事の捉《とら》え方を変えたという話でしょう。

「過去に頭を抱えるのではなく未来に頭を抱えるようにした、ということですか」私なりに嚙《か》み砕《くだ》いて尋ねました。

「そうだね」

彼は深く頷きます。

そして重く苦しいお話を、笑顔で締めくくるのです。

テーブルの向こうから、クレタさんの手を握りながら、彼は言いました。

「昨日までの別の可能性を考えても、きっと自分自身が辛《つら》くなるだけなんだ。だからクレタ、明日以降に別の可能性を作るんだよ」

○

夜。

クレタさんのお宅に戻った私たちは交代でお風呂《ふろ》に入って、ぼんやり過ごしたのち、それぞれ横になりました。クレタさんはご自身のベッドへ。私はソファでころりと横になります。

「なかなか気持ちの整理は付けづらいと思いますけれども、少なくとも今夜事件が起こる可能性は低いので、今日は安心して眠っていいと思いますよ」

ソファから彼女の姿は見えませんけれども、今日一日の様子から随分《ずいぶん》と憔悴《しょうすい》していることは明らかです。

「……どうしてそう言い切れるのですか?」

ソファの向こうから弱弱しい声がします。

犯人は一件目の事件から二件目までの空白期間は約三週間、二件目から三件目が一週間。三件目から四件目はわずか三日で犯行に及んでいます。

あからさまに犯行ペースが早まっていることからクレタさんを含め保安局の面々には焦《あせ》りが見えましたが、けれど、

「現場に凝《こ》った装飾《そうしょく》を施《ほどこ》すようなこだわりを持つ人間ですから、万全《ばんぜん》な状態で犯行には臨《のぞ》みたい

と思うはずです。それに世間や保安局の反応だって見たいでしょう。目立ちたがりの犯人なのですから」

だから焦って今夜犯行に及ぶ可能性はほとんどないと思います――と、私は気休めのようにクレタさんに語るのでした。

「……ありがとう、ございます」

依然、張りのない声が響きます。

「私が知っていることを普通に話しているだけですよ」

感謝されるようなことではありません。

「今の話だけじゃありません。今日は色々と迷惑をかけてしまいましたから」

吐いたり、会食に一人で行けなかったり、まあ色々ありましたからね。とはいえ、

「別にそれらも普通のことだと思いますけれど」

「…………」少しの沈黙を置いて、彼女は語りました。「初めて会った直後の私は少なくともあなたに失礼な対応をしました。それなのに――」

「昨日に悩むのではなく明日のために生きなさい、ってあなたの憧れの人も言っていませんでしたか？」

「…………」

この国はそもそもクレタさんのような若い子がこぞって魔法使いを嫌うように教育をしてきたのでしょう。であるならば反省をしなければならないのは彼女ではなくこの国自身です。

責任を感じることなんて何一つありません。

「まあ魔法使いも普通の人間ということですよ。別に誰も彼も歴史の本に書いてあるような野蛮《やばん》な魔法使いばかりじゃありません」

「……そうですね」

「でも今回の事件の魔法使いは紛れもなく悪い人間だと思います」

「そうですね」

「で、明日は何をしますか?」

私は尋ねます。

彼女は先ほどまでよりも少しだけはっきりとした口調で、答えました。

「五人目の被害者が出ないようにします」

翌日、保安局は方針を一部変更し、役人たちの保護に重きを置くようになりました。

目撃情報から犯人の大体の外見的特徴は押さえられていますから、役人たちの傍にこっそりと控《ひか》え、のこのこと犯人が五人目の役人の前に現れたところで処理してしまおう、という魂胆《こんたん》のようです。

さてその方法がうまく行くかどうかはわかりませんが、少なくとも得体《えたい》のしれない旅人と仲良く鎖で手を繋いでいるクレタさんは作戦の性質上邪魔《じゃま》にしかならず、結果、彼女は自由行動という名の爪《つま》はじきに遭《あ》いました。

「かえって都合《つごう》がいいですけどね」とクレタさん。

朝から慌《あわ》ただしく役人たちの元へと向かう保安局員たちを後目《しろめ》に、クレタさんと私は保安局に居座《いすわ》り、今一度事件の整理をしました。

「明日以降のことを考えましょう」

クレタさんは地図を壁に広げてペンを持ち、「一人目の被害者の家はここで、二人目は……」と呟きながら合計四つの印をつけていきました。「今まで聞き込み調査を実施した箇所《かしょ》はこれらの犯行現場の付近に絞《しぼ》られています」

保安局としては事件のことはなるべく市民に悟《さと》られないようにしたいですし、聞き込みをする箇所としては確かに最低限で最適な選択肢でしょう。

私は地図を眺めて腕を組みました。

「ところが外見的特徴を押さえたのはいいものの、それがどこの誰なのかはよくわからない。聞き込みをしようにも闇雲《やみくも》に聞き回るわけにはいかず、犯人を絞り込むことができていない、というのが現状ですよね」

「ええ」頷くクレタさん。

「ペンを借りてもいいですか」

私は彼女からペンを受け取ると、それから最初の被害者のご自宅の周りを円で囲《かこ》いました。

「魔法使いの性質上、どうしても使用できる魔力量には限度があります。いくらシミュレートを重ねたとしても実際に犯罪を犯すのと練習では天と地ほどの差があります。わざわざ遺体遺棄《いたいいき》現場に無駄《むだ》に凝った演出をする犯人です。最初の被害者の家は恐らく自らの生活圏内からそう遠くない位置にあることが考えられます」

犯人は被害者を一度連れ去り、安全な場所で殺害し、それから被害者のご自宅まで戻して現場をいじくり回して去っていくというあからさますぎるほどに回りくどく目立ちたがりな方法で罪を重ねています。

途中で魔力が切れないように最大限の注意は払うことでしょう。

私は二人目の被害者の家や、三人目、四人目の家も同様に円で囲いました。大きく雑に地図上に描かれた円たちは、ほんの少しずつ重なり合っていました。

「…………」小難《こむずか》しい表情で地図を眺めつつクレタさんは頷きます。「つまりこの円と円が重なっている部分が怪しい、ということですか」

「恐らくは」

私は然《しか》りと頷きます。

幸いにも現段階で犯人の性別から髪型、服装まで――どんな外見なのかは判明しています。ですから。

「今日中に犯人がどんな人間なのかを、どこの誰なのかを突き止めましょう」

生活圏をある程度絞り込んで私たちは仲良く二人一組で聞き込み調査を始めました。

犯人は一体どのような人物なのでしょう？

私たちは聞き込みをしながら現在明らかになっていることを手がかりにぼんやりとした犯人像を鮮明《せんめい》にしていきます。

クレタさんは街の人に尋ねます。

「すみません。今、人を探しているのですけれど——」

国の役人という重大な立場の人間だけを狙った犯行ということから察するに何らかの原因で国や体制に不信感があるということは想像に難《かた》くありません。

目撃情報からおおよその年代は明らかで、

「恐らく私やこちらの灰色《はいいろ》の髪の彼女より少し年上くらいで——」

派手《はで》なドレスを身に纏っていることや、最初の事件から大胆《だいたん》な手法での犯行を行っていることから自信家であることが窺《うかが》えます。

被害者の役人たちの家を調べ普段の行動範囲を調べ上げ、一連の犯行を計画するだけの知能があり、役人たちの住宅——富裕層《ふゆうそう》の住居付近をうろついていても怪しまれない身なりであり、自身も富裕層の人間である可能性が高いでしょう。

そして極めて残忍な方法で人を殺める様子から、殺害に対してある程度の快楽《かいらく》を感じていることは明らかです。

クレタさん曰く、快楽殺人犯の多くは人に手をかける前に動物に同じような仕打ちをするものだといいます。

「もしかしてこの辺りで数年前まで動物の不審死《ふしんし》などはありませんでしたか?」

クレタさんは様々な方面から犯人の手がかりを辿ります。

この国には魔法使いは存在しませんが、決して外の国との交流をしてはならない、ということではありません。

「それから魔導書《まどうしょ》を持っている方を見かけませんでしたか？」

この国の人々にとってはあるだけでも意味のない代物。けれど、犯人にとってそれは殺人のための教科書になり得るのです。

慎重《しんちょう》に聞き込みをする相手を選びながら私たちは人々に尋ねて回りました。

富裕層がよく利用するレストラン。魔法使いに関する書物も取り扱っている大きな書店。

控え目に私たちは聞いて回りました。

「さあ……？　そういう人は聞いたことがないね」

一人、また一人。

「はて……？　見覚えがないのう……」

私たちは地道に聞き込みをして回り。

「動物虐待《ぎゃくたい》？　いえ、そんな人は別に……」

そうしておおよそ三時間程度、範囲を広げて聞き込みを行った頃でした。

「確かに、君たちのいう特徴の女性はこの近くに住んでいるね」

富裕層の壮年男性が私たちの質問に頷きました。

曰く、彼はその女性と面識《めんしき》がある、と語っていました。

「少し気味《きみ》の悪い女性でね、『この国の人々は政府に操《あや》られている』といつも言っている子だよ。名前は確か――」

●

エキナは小さい頃から周りの人間との違いを常々《つねづね》感じながら生きていた。

彼女にとって食事は家でも学校でも一人で食べるものだった。

休日は一人で過ごすものだった。

学校で他人と会話をすることはほとんどなかった。子どもの頃からずっとそうだった。彼女は小さい頃から一人で何でもできた。成績もよかった。料理もできた。

しかし一人で何でもできるということは、周りと仲良くできないということと同義だった。彼女と同世代の子どもたちとの間の溝《みぞ》は日に日に深まっていった。

他人と違う理由は何なのか。

彼女の探究心はやがて国から排除《はいじょ》された魔法使いの存在に辿り着いた。調べれば調べるほど彼女は魔法にのめり込んでいった。

裏ルートで入手した杖を手に取り、魔法が使えたとき。

彼女は運命《うんめい》を感じた。

「幸《しあわ》せだわ、幸せだわ」

街がざわついている。

エキナが起こした一連の事件は未《いま》だ表沙汰《おもてざた》にはなっていない。しかしそれでも彼女の行いが何にも影響を与えていないわけではない。街の至るところで保安局の人間を見かけるようになったことが何よりもその証明になっている。

きっとあと一人か二人殺せば、国はエキナの犯行を公表するだろう。

魔法使いの存在を認めるだろう。

もう少し。

理想まであと少しのところまでやって来たのだ。

「素敵《すてき》だわ、素敵だわ」

次の獲物は誰にしようか。

心躍らせながら彼女は歩く。

その視線の先には。

黒髪の青年の姿があった。

名はティロス。

国の役所で働く青年だった。

○

私たちが突き止めた情報は保安局長にすぐに報告し、保安局全体で共有しました。

急がねば新しい被害者が出ることは明白であり、そして犯人の所在《しょざい》は既に判明しました。

「仕事を頼めますかね、魔女様」

つまりは当初の予定通りに私の出番でした。「犯人の住居にクレタと二人で行き、なるべく周囲に感づかれない方法で無力化してください。生死《せいし》は問いませんがなるべく生きたままが望ましいです」

なるべく周囲に感づかれぬよう、と言われましても相手が暴れてしまえばどうしようもないのですけれども。

ということはつまりエキナさんとやらと穏便《おんびん》にやりとりを交わしつつ魔法を使う隙《すき》を与えず、静かに手錠《てじょう》をかけろ、ということでしょうか。

魔法についてまったく知識がないせいでだいぶん無茶《むちゃ》なことを言っていますね。

「まあ、なるべく頑張《がんば》ります」

できるとは言いませんでした。

犯人が判明した今、もはや私がクレタさんと仲良く鎖で繋がれている理由などはないのですが、この国の人々から魔法使いという存在に対する評価は依然として著《いちじる》しく低く、外すことは許可してくれないでしょう。何なら「魔女は魔法使いの最高位でしょう？　この国の殺人鬼を捕まえることもできないのですか？」などと無知ゆえの高望みすらしてきそうな気すらしました。

結局私はクレタさんと手と手を鎖で繋いだまま、富裕層の街並みを歩きます。

魔法使いのエキナさんの家の周囲には既に保安局の方々が張り込んでいます。彼らからの報告曰く、今までの事件現場で見られた怪しい女性、エキナさんの姿が窓の向こうに——家の中に確認できるとのこと。

あとは私たちが突撃《とつげき》するだけです。

「もしも私たちがしくじったらどうなるのでしょうか」ライフル銃のスリングを握《にぎ》り締めながらクレタさんは呟きます。

声はにわかに震えていました。

「外の彼らがいるのは恐らく私を信用していないからなのでしょうね」

「…………」

失敗して、エキナさんが外に出るようなことがあれば、恐らくすぐに発砲《はっぽう》されるのではないでしょうか。その後どのように揉《も》み消すつもりなのかは知りませんが、五人目の被害者を出すよりはましという判断なのでしょう。

「失敗はできませんね」

私は言いました。

やがて私たちは、エキナさんの家の前まで辿り着きました。

大きく、立派《りっぱ》な家でした。扉にはドアノッカーが取り付けられており、コン、コン、と二回叩くと、中から「はぁい」と穏《おだ》やかな声が響きます。

自然と私たちは違《たが》いに無言になりました。

やがて足音が扉に近づき、そして呼吸を整える間もなく、開かれました。

「どなたかしら?」

深い赤紫のロングヘア。血のように赤い瞳。

歳の頃は二十代中頃程度。赤いドレスを着ている彼女は、まさしく目撃情報通りの外見をしていました。

「あなたがエキナさんですか?」

クレタさんは尋ねます。自らが何者であるかは彼女の格好さえ見ればわかることでしょう。

「……保安局の方、ですよね? 何かご用ですか?」

エキナさんは困惑《こんわく》しているように見えました。白々《しらじら》しくも。

「実はあなたに少し伺《うかが》いたいことがありまして。今、お時間よろしいですか?」クレタさんは踏み出します。扉を閉めて逃げられないように扉の間に足を挟みます。

直後です。

「どうかしたの? エキナ」

扉の向こうから。

エキナさんの背後から、優しく問いかける声がしました。聞き覚えのある、男性の声でした。

「お客さんかな」

ティロスさん。

扉の向こうで、彼は優しく笑います。

○

「恐らく協力者がいます」

クレタさんと二人で地図を眺めながら犯人の居所《いどころ》を絞り込んでいた時に、私は言いました。「一連の犯行は怪しい女性一人での犯行とは考え難いと思います」

犯人を絞り込んでいる最中《さなか》、唐突《とうとつ》に私がそのような発言に走ったものですから、彼女は少し困惑した様子でした。

「どうしてそう言い切れるのですか」と彼女は尋ねます。

言葉を受けながら思い出していたのは四人目の被害者の遺体。それからこれまでの三件の被害者たちの遺体です。

「魔法というのは文字と同じで使用者によって癖《くせ》のようなものがあるんですよ。たとえば炎を出す魔法で例を出しますと、魔力の注ぎ方や注ぐ量、そして注ぐ長さが異なれば火の大きさは当然異なります。これらが使用者によって異なる癖ないし個性になりうるのですけれども」

基本的にこのような癖は独学で学んだ魔法使いに特に多く見受けられます。学校で魔法を学べばよくも悪くも癖が少なくなるのです。

「……被害者に残っていた傷の魔法の癖が大きいということですか？」

クレタさんは首をかしげます。

私は肯定《こうてい》も否定《ひてい》もしませんでした。

「より正確に言うのであれば、癖が二種類あります」

恐らくは魔法使いに対する知識不足ゆえにこの国の保安局の面々は気が付かなかったのでしょう。

私は最初の三件の被害者たちの遺体の写真を並べて、身体に残された傷跡を指差します。

「犯人たちは未だ魔法使いとしての能力は高くないのでしょう。被害者たちに残されている傷跡の中で炎で焼かれた跡もあるのですけれど、ざっと見た限り、炎は広範囲に及ぶものと身体のごく一部を焼くものの二種類用いられています。氷で固めたり、魔法で身体の一部をねじったり、色々やったみたいですけれど、やっぱり一度の魔法のために魔力を膨大《ぼうだい》に使った跡と、ある程度セーブしながら使用した跡の二種類があるんです」

そしてこれらの特徴の差は一件目、二件目、三件目と回数を重ねても縮まることはありませんでした。

「これはあくまで憶測《おくそく》なのですけれども――被害者たちを攫《さら》い、運ぶ役割はその協力者が担っているのではないでしょうか」

おそらく運ぶ際に魔法を使っているのでしょう。ですから拷問に参加するためにはある程度魔力を抑える必要があり、逆に目撃情報にも挙がっている怪しい女性は運ぶための魔力を考えなくていいから遠慮《えんりょ》なく被害者に魔力をぶつけられる。

恐らくそうして役割分担をしながら被害者たちを襲っているのではないでしょうか。

「まあ。あくまで憶測なのですけれども――」

この注文書に記入して、お近くの書店へお申し込みください。

書店印

書籍扱い（買切）

予約注文書

【書店様へ】お客様からの注文書を弊社、営業までご送付ください。

（FAX可：FAX番号03−5549−1211）

注文書の必着日は商品によって異なりますのでご注意ください。

お客様よりお預かりした個人情報は、予約集計のために使用し、それ以外の用途では使用いたしません。

住所	
氏名	電話番号

2021年

3/15 頃発売

お隣の天使様にいつの間にか駄目人間にされていた件4
アクリルキーホルダー付き特装版

著：佐伯さん　イラスト：はねこと

ISBN:978-4-8156-0826-2　価格（1,680円+税）

お客様締切　2020年11月24日（火曜日）

弊社締切　2020年11月25日（水曜日）

部

特装版は書籍扱いの買取商品です。

返品はお受けできませんのでご注意ください。

この注文書に記入して、お近くの書店へお申し込みください。

書店印

書籍扱い（買切）

予約注文書

【書店様へ】お客様からの注文書を弊社、営業までご送付ください。

（FAX可：FAX番号03−5549−1211）

注文書の必着日は商品によって異なりますのでご注意ください。

お客様よりお預かりした個人情報は、予約集計のために使用し、それ以外の用途では使用いたしません。

住所	
氏名	電話番号

2021年 2/15 頃発売	**りゅうおうのおしごと!14** ドラマCD付き特装版 著：白鳥士郎　イラスト：しらび ISBN:978-4-8156-0660-2　価格(2,400円+税)	部
お客様締切	2020年12月4日(金曜日)	
弊社締切	2020年12月7日(月曜日)	
2021年 2/15 頃発売	**りゅうおうのおしごと!14** ドラマCD&抱き枕カバー付き特装版 著：白鳥士郎　イラスト：しらび ISBN:978-4-8156-0788-3　価格(13,600円+税)	部
お客様締切	2020年12月4日(金曜日)	
弊社締切	2020年12月7日(月曜日)	

特装版は書籍扱いの買取商品です。

返品はお受けできませんのでご注意ください。

2021年
2月15日頃
発売
今度の
『りゅうおうのおしごと!14
ドラマCD付き特装版』には、
SAMPLE
SAMPLE
なんと
銀子の抱き枕カバー付き
特装版も登場!!!
りゅうおうのおしごと!14
ドラマCD付き特装版／
ドラマCD&抱き枕カバー付き特装版
著:白鳥士郎　イラスト:しらび
予約締切
12月4日(金)
今回のドラマCDは「九頭竜先生、女子小学生になる(仮)」!
タイトルどおり、主人公の九頭竜八一が目を覚ますと、なぜか女子小学生になっていて
……!? というお話です。さらに『空銀子の添い寝ボーナストラック』も収録!!
予約必須の特装版をお見逃しなく!!!
※抱き枕カバーは約160cm×50cmの標準サイズで、素材はアクアプレミア、枕の中身は付属しませんのでご注意ください

「…………」

クレタさんは目を伏せました。

大きくため息をこぼしながら、彼女は、「それは嫌ですね……」と言葉を零《こぼ》します。

「まあ、あくまで予想ですけれどね」

気休めのような言葉を私は彼女に返しました。

「——犯人のエキナという女だが、どうやら男と同棲《どうせい》しているらしい」

犯人を絞り込み、住居を保安局の人間が包囲《ほうい》したとき、保安局長は私たちに言いました。「同年代の男性だ。恐らく恋人か何かだろう。その恋人がエキナという女の本性を知っているのかどうかはわからんがな」

協力者がいる。

私が地図の前で語った憶測が嫌な想像を働かせます。

「もしも仮に、その男性も彼女の犯行を知っていたら、どうすればいいですか」

クレタさんは局長に尋ねます。

犯行を知っていたら。知った上で彼女を匿《かくま》っていたら。——あるいは彼女と一緒になって犯行に及んでいたら、どうすればいいのか。

本当は聞くまでもないことです。

局長はさして表情を変えることなく、答えます。

「犯人と同様の扱いをしたまえ」

決して人間だとは思うなよ、と釘を差すように、局長はクレタさんに言い含《ふく》めます。

○

「そういえばまだ紹介していなかったね。こちらはエキナ。僕の恋人だよ」

クレタさんとティロスさんが知り合いと判明した途端《とたん》に私たちは突然訪問してきた保安局の人間からただの友人へと扱われ方が入れ替わり、エキナさんは私たちを中へと通してくれました。

テーブルを挟んでソファで向き合う私たち。

クレタさんはティロスさんを見つめ。

そして私はエキナさんをそれぞれ見つめていました。

私たちの間では淹《い》れられたばかりの紅茶が湯気《ゆげ》をあげています。

見た目だけならばただの幸せそうな恋人たちがそこにはいるだけです。

「彼女とは去年知り合ってね、お互い趣味《しゅみ》や嗜好《しこう》も似ていたからすぐに打ち解けたんだ。付き合い始めてもうすぐ半年くらいになるかな」

横で幸せそうに笑みを浮かべるエキナさんは、彼の言葉に頷きます。

「ええ、そうですね」頷きながら、その視線はクレタさんに注がれます。「でも驚きましたわ。保安局に知り合いがいたなんて」

「…………」クレタさんは険《けわ》しい表情で、エキナさんを見つめていました。「学生時代に先輩後輩の関係だったんです。保安局の知り合いというよりは、後輩が保安局に入ったというほうが正しいです」

「保安局といえばこの国を悪い人たちから守る組織でしょう。そんなところで働いているなんて、素敵だわ、素敵だわ」

頰《ほお》に手を添え微笑むエキナさん。演技で言っているのか、本気で言っているのかはその所作《しょさ》からは判別がつきませんでした。

「エキナさんは何のお仕事をなさっているんですか？」私は尋ねます。

「役所です。彼と同じで」

作り物のように美しい笑みが私のほうを向きました。「一年前に部署の異動《いどう》がありましてね、彼が私のいる部署まで来て、それから仲良くなりましたの」

「ほう」

どんな部署です？

などと私が尋ねるよりも先に、エキナさんは言葉を並べます。

「役所勤《づと》めといっても私たちがいる部署は雑用ばかりしている部署なのですけれどね——私たちは輸入品の管理をしていますの」

「輸入品の管理、ですか」

「ええ。輸入品の品質を管理したり、変なものが紛れ込んでいないかチェックしたり——そういう雑用をしていますの」

「変なもの」

「輸入が禁止されている薬物とか、出処不明《でどころふめい》の怪しいお金とか、それから――」

魔法道具とか。

そういう怪しいものが国に出回ることを防ぐのが彼女たちのお仕事なのだと言います。「まあ、国を守るお仕事をなさっているあなたたちに比べれば随分と楽なお仕事ですわ」

「………」

クレタさんも私も、言葉を返すことはありませんでした。

豪奢《ごうしゃ》な室内が沈黙《ちんもく》で包《つつ》まれます。

私たちの間にある紅茶の香りが、徐々に消え失せていきます。

「冷めてしまいますよ？　紅茶」

飲まないのですか？　とエキナさんは尋ねます。

喉《のど》が渇《かわ》いていないわけでも、紅茶が嫌いなわけでもありませんでした。けれども私もクレタさんも、決して手を伸ばすことはありませんでした。

代わりに、私は顔を上げ、

「よく紛れ込んでいたりするんですか？」

「え？」

「輸入品に、変な物。よく紛れ込んでいるんですか？」

「？　ええ、そうですね……、平和な国ではありますけれども、やはり悪いことを考える人間は一定数いるということなのでしょうね。よく見ますよ。薬物もお金も、魔法道具も」

「それで、持ち込まれてしまったものはどうするのですか？」

「当然、処分《しょぶん》されます」

「なるほど」

そして私が頷いたところで。

ティロスさんが首をかしげました。

「ところでクレタとイレイナさんは今日はどういったご用件でうちまで来られたのです？　僕の恋人と世間話をするためだけではないでしょう」

「……それは」

クレタさんは言い澱《よど》みます。ティロスさんから逃《のが》れるように落とされた視線が、自らの手元に注がれています。「ティロスさんは、いつからそちらのエキナさんと同棲なさっているんですか……？」

「半年くらい前からかな」

「彼女のことをすべて知っていますか？　普段何をしていて、どんなことが好きで、どんな風に考えて生きているのか、知っていますか……？」

「……？　知っているつもりだよ？」

「そうですか……」

クレタさんはため息交じりに頷きました。

何かを諦《あきら》めたような、深いため息でした。

「そういえばイレイナさん、クレタさん、聞いてくださいますか?」

少しだけ声を張り上げて、エキナさんは手を叩き、そして他愛《たあい》もない世間話を続けます。「私たちのお仕事では紛れ込んだ異物は、最初から存在しなかったことにすることが多いんです。不都合なものを市民の目から隠すためには最初から存在しなかったことにするのが最も手っ取り早いですから」

彼女の手がゆっくりと下りて、そしてソファの上で止まります。

そして他愛もないい世間話は、尚《なお》も彼女の口から紡《つむ》がれます。

「でもこの異物を取り除くお仕事というのが結構大変でしてね、苦労することも多いのですよ。輸入品に紛れ込んだ異物は一見すると普通の商品と何ら変わらない見かけをしていることが多いのですから」

気づけばエキナさんも、ティロスさんも、お互いにソファの上に手を添えていました。恋人らしく手と手を重ね、そして指を絡《から》めて握り締めます。

お互いの存在を確かめ合うように。

「改めて聞きますわね。今日はどういったご用件ですか?」

私はエキナさんと見つめ合いながら、指先に力を込めます。

鎖で繋がれた手の向こうから、かちゃり、と音が鳴りました。ライフル銃に手を伸ばしているのでしょう——視界の端で冷たい鉄の塊《かたまり》がほんの少し動く気配がありました。

再び豪奢な室内が沈黙で包まれます。

「仕事をしに来ました」

そして私が杖を構え、ほぼ同時に二つの杖が私たちに向けられました。

紅茶の香りは、もうしませんでした。

●

「この国には魔法使いが今も存在していると思わないかい」

エキナの部署に遅れて入ったティロスが初めて彼女と会った日に語った言葉だった。「空を飛べて、どんなことでも思うがまま。こんなにも素晴《すば》らしい存在を国から追い出したなんて信じられないよ」

国の上層部の連中は、自分たちに逆らえないように魔法使いがいないと信じ込ませているんじゃないか——書物に紛れ込んでいた数冊の魔導書を焼却炉《しょうきゃくろ》に投げ込みながら、彼は愚痴《ぐち》のようにエキナに語った。

エキナはそんな彼を信じられないものを見るような目で見ていた。

ああしまった。初対面でいきなり変な男だと思われてしまった。

「ごめん。今のは忘れて」

冗談《じょうだん》めかして笑いながら、彼は仕事に戻った。入国を禁じられた本の数々。国では見ることの叶《かな》わない貴重《きちょう》な本の数々が炎に巻かれて消えてゆく。

「忘れないわ」

彼の隣で、エキナは首を振っていた。

エキナと同じことを考える人間が国の中にいて、同じく魔法道具に触《ふ》れられる仕事に従事《じゅうじ》するようになったことも。

彼もまた、彼女と同じように、昔から他者より優れたものを持っていたことも。

趣味や嗜好がまるで同じであることも。

すべては運命だと思った。

彼らは互いに強く強く惹《ひ》かれ合った。

自らのすべてを語り合うことができる相手は、彼にとっても、彼女にとっても、ただ一人だけだった。

「恐《おそ》らく歴史書に書かれているものはすべて偽りの歴史だ。この国には魔法使いが以前からずっと存在していて、けれど強すぎる力を持つがゆえに、歴史から存在を抹消《まっしょう》されたんだ」

二人には確信があった。

「街の人々は魔法が使えないと信じ込まされているんだわ。魔法を取り上げられ、けれど取り上げられたことにすら気づかないように、政府は隠しているのよ」

不都合なものは最初からなかったことにしてしまうのが最も手っ取り早い。

まるで彼女たちが輸入品の中から悪いものを取り除いているのと同じように、政府の上層部は都合の悪い事実を覆い隠しているのだと二人は確信した。

「私たちが街の人々を目覚めさせないと」

そして二人の使命感は、一か月前から続く連続殺人へと変わった。

「——さあ、本当のことを話して？　歴史書に嘘を書くように指示を出したのは一体誰？　誰が主導してこの国から魔法使いがいないように信じ込ませているのかしら？」

二人とも国の役所で働いているために、犯行は比較的簡単に行うことができた。誰が国の上層部の人間であるのかも、どこに住んでいるのかも、簡単に調べ上げることができた。

仕事帰りの役人のあとをつけ、攫い、地下室に連れ込み拷問を加えるなど、魔法を覚えた二人にとっては造作《ぞうさ》もないことだった。

「ごめんなさい！　ごめんなさい！　助けてください！　お願いです——」

最初の被害者は期待外れだった。何を聞いても謝《あやま》るばかりで有益《ゆうえき》な情報は何も得られなかった。

二人は落胆《らくたん》して、互《たが》いに魔法の練習に役人の身体を使った。

二人目の被害者はエキナとティロスを思いつく限り汚い言葉で罵《ののし》った。

彼女たちは自分たちが正しいから罵られているのだと思った。二人の正しさに役人が怯《おび》えているのだと思った。

三人目の被害者も、四人目の被害者も、決して二人が期待するような言葉を語ることはなかったが、しかしその度に、やはり二人の信頼関係はより一層、強固《きょうこ》になっていった。

せっかく遺体遺棄現場を美しく演出しているというのに、二人の事件は決して表には出ていないのだ。

「保安局までもが政府の言いなりになっているんだわ。私たちの事件が取り上げられないことが何よりの証拠よ」

「その通りだね」

もっと頑張らないといけないな、とティロスは魔法でベッドを折り曲げた。

二人は各々の役割を分けていた。被害者を運ぶ役割はティロスが担った。エキナは彼が人目につかないように先導を行い、拷問部屋まで着けば二人で一緒に役人を痛めつける。用済みとなった役人は拷問部屋まで来たときと同じようにエキナが先導し、ティロスが運んだ。被害者の私室まで着けば、拷問を加えた時と同じように二人で現場を飾り付けた。

「どうしてあなたは表に出たがらないの？」

犯行現場付近でエキナの目撃情報ばかりが集まったのは、これまでの犯行でティロスが安全に運べるように自ら先導を担った結果だった。

決してエキナばかりが目立つことに不満があるわけではない。

ただ彼女は不安だった。

もしかしたらティロスは本心ではエキナと同じ考えを持っていないのではないか。共同作業をしているると感じているのはエキナ一人だけなのではないか。幼い頃に抱いた孤独《こどく》が、再び彼女の頭を過《よぎ》る。

しかし。

「君を守るためだよ」

ティロスは優しく囁《ささや》いて彼女を抱きしめた。「きっと僕たちの行いは政府の連中がもみ消そうとするだろう。そんなときに君を守るために戦えるように、僕は君の影になるんだ」

完成した四つ目の事件現場を誇《ほこ》らしげに見つめながら、ティロスは語る。

彼は甘い言葉と共に、彼女の指に指輪《ゆびわ》を嵌めた。

何もかも運命だと思った。

「ありがとう」

エキナは優しい彼に身を委《ゆだ》ねた。

きっと二人ならばどんな困難も乗り越えられると思った。彼女たちの行いは彼女たちにとって何もかも正義だった。二人には誰からも侵害《しんがい》されることのない二人だけの世界があった。

これからも、二人ならばどんな困難も乗り越えられる。

エキナはそう確信した。

そしてそれから二日後。

ティロスは自らの言葉の通り、彼女を守るために戦い、絶命《ぜつめい》した。

○

まず最初に魔法を放ったのはエキナさんでした。彼女は急ごしらえで形が悪いごつごつとした氷柱《つらら》を幾つか杖から生み出し、放ちました。私はそれを即座《そくざ》に叩き割ると、彼女の手から杖を弾き飛ばしました。

エキナさんは勝てないと踏《ふ》むとすぐに両手を挙げて降参《こうさん》しました。

その様子を見ていたティロスさんも諦《あきら》めたような表情ですぐに杖を捨てて両手を挙げました。

ああよかった。じゃあもうこれで終わりですね。あっさり終わってよかったですね――などと安堵《あんど》しながらクレタさんへと目を向けると、彼女のお腹《なか》にナイフが突き刺さっていました。

杖を投げ捨てる直前、ティロスさんは魔法を用いてナイフをクレタさんの腹部へと向けて飛ばしていたのです。

そして。

まだ終わりなどではないと私たちが気づいたときにはティロスさんは既にクレタさんへと迫っており。

その手にはもう一本、ナイフが握られていました。

私は彼を止めようと杖を向けました。

けれどその時には既にティロスさんはクレタさんのに手が届く距離まで迫っており。

そして同時にティロスさんもまた、銃口の目の前まで来てしまっていました。

銃声《じゅうせい》が鳴り響きます。

ティロスさんの最後の力で振りおろされたナイフは、そのまま彼女の頬をかすり、ソファに転がります。

命を失った彼の身体は、その上に被《かぶ》さりました。

「……あ」

クレタさんの足元で、ティロスさんは息絶《いきた》えていました。

身動きも、呼吸も、何一つありません。血だまりが彼の腹部からじわりじわりと広がり、彼女の足元を赤く染めていきました。

クレタさんは呆然《ぼうぜん》とその様子を見つめていました。

「あは」

笑い声がしました。

私の向こう側から。

「あはは、はは！　はははははははは！　あははははははははははははははは！」

その場にへたり込んで、壊れたようにエキナさんは笑いました。笑い続けました。

ずっとずっと笑い続けました。

銃声を聞きつけて保安局の人たちが現場に駆け付けたあとも、彼らがエキナさんを拘束《こうそく》した後も、彼女は笑い続けていました。

保安局の人たちによってティロスさんの遺体は運ばれ、エキナさんは連行されます。

腕を引っ張られながらも、尚も彼女は笑い続けました。

そして。

クレタさんとすれ違う最中に、言うのです。

「あなたは今、ひとりの人間を殺したのよ」

○

決して表に出ることのない殺人事件はこうして人々の目に触れることなく解決しました。日中に突然鳴り響いた銃声に関して街の人々は驚き、様々な憶測が飛び交いましたが、保安局による誤発砲《ごはっぽう》という形で謝罪文を出し、事件そのものをなかったこととして扱いました。

「魔女殿《どの》、今回は我々の調査に協力いただき感謝します」

事件を無事に収束《しゅうそく》させたクレタさんは保安局から表彰《ひょうしょう》されました。

国の役人を殺めて回っていた殺人鬼の二人組の居所を突き止め、無事捕まえることができたのは間違いなく彼女の功績《こうせき》によるものだろうとされました。

「我が国の政府もとても喜んでいる。君の今後の活躍に期待している」

保安局長は手放しで彼女を褒《ほ》め、そして同時に、「結局、魔法使いの手を借《か》りずとも何も問題はありませんでしたな」と私に言いました。

貴重《きちょう》な数日間を無駄《むだ》に浪費《ろうひ》させてしまい申し訳ありませんな、とも。

魔法使いへの嫌悪からくる皮肉《ひにく》であることは明白《めいはく》でした。

「…………」

何か言葉を言い返すような気も起きず、私はただ首を振るだけに留《とど》めました。

事件が終われば私はもう用済み。

すぐさま出国の準備に入りました。クレタさんのお宅に戻り、荷物をまとめて、私は国を出るため門の方へと急ぎます。

依然として鎖で繋がれたまま、私たちは行動を共にしました。国を出るまで私は監視の対象であることに変わりはないのです。

門の前まで、彼女とはずっと一緒です。

そして門の前まで、彼女はずっと無言でした。

「…………」

門を出たところで、私はローブを羽織《はお》り、三角帽子を被《かぶ》ります。そうしていつもの旅の衣装に戻り。

別れる間際。

彼女は私の手を取り、腕輪に鍵を差し込んで外してくれました。

鎖の重みを失った私の手を、冷たい彼女の両手が包みます。

「クレタさん」

私は彼女の名を呼びました。

「…………」

彼女は顔を上げます。今にも消えてしまいそうなほど弱弱しい顔をした彼女が、私と向き合います。何と声をかければいいのでしょうか。

やはり。

私には何もできないのでしょうか。

「イレイナさん」

震えた声で、彼女は言います。「手を、貸してもらってもいいですか」

「…………？」

はい、と私が頷くと、彼女は私の手を、自らの頬に添えました。

「私が魔法使いと仲良くしているところを見られたら、きっと国の人々がよくない勘違《かんちが》いをしてしまいますから」

だから手の感触だけを、貸してください——彼女は言います。

頬は冷たく、その目は暗く澱《よど》んでいました。

「イレイナさんの言う通りでしたね」

魔法使いも、人でした。

彼女は言います。

魔法使いだって普通に生きていて、普通の人間と変わりない。

そんな話を、彼女にしたことを、私は覚えています。

「けれど——向き合うことがこんなにも痛くて苦しいことだって、知りませんでした」

彼女の頬に涙がこぼれました。

温かい感触が、私の指先を伝っていきます。

「クレタさん」

私は彼女の涙を辿り、指先ですくい取りました。「ごめんなさい。私は、なにも――」できませんでした。

ナイフがかすめてつけられた傷痕《きずあと》は、未だ彼女の頬に残っていました。

「大丈夫《だいじょうぶ》です」彼女は私の視線に気づいて、笑います。「痛みは消えてなくなりますから、だから、大丈夫です」

「………」

「明日か、明後日《あさって》か、もっと未来に、きっと傷痕は消えてくれます。だからきっと、大丈夫です」

前向きな言葉と裏腹《うらはら》に、彼女の涙は延々《えんえん》と頬を伝い続けました。

私は彼女の頬の傷に涙が触れないように、頬に手を添え続けていました。

それがただの気休めであると知っていても。

●

「なあ、知ってるか？　この前までこの辺りでエキナって女が住んでたじゃないか」

「？　ああ、捕まったわね」

それがどうしたの？　とテーブルを挟んで向かい合う友人に、彼女は問いかける。昼時《ひるどき》の喫茶店には他愛《たあい》もない会話が蔓延《はびこ》っている。

仕事の相談。

趣味の話。

街の住民の噂《うわさ》話。

どこかの誰かの悪口。

憶測による陰謀論《いんぼうろん》。

「知ってるか？　あのエキナって女、実は魔法使いだったんだぜ」

得意げな表情で友人は語る。彼女は辟易《へきえき》とした。いつも根も葉もない噂話をまるでこの世の真実かのように誇張《こちょう》して語る彼が彼女は苦手《にがて》だった。

「おいおい。もしかして疑ってんのか？　今回こそは本当だって！　俺《おれ》、見たんだよ。あのエキナって女が保安局の連中に連れ去られるところをさ！」

「悪いことして捕まったってだけでしょ」彼女は学生時代のエキナを知っている。普段から一人で、いつもへらへらと笑っていて、気味の悪い子として目立っていたエキナはいつか何か取り返しのつかないことをするのではないかと同級生の間でも言われていた。「それが魔法と何の関係があるのよ」

「エキナが捕まった日に銃声があったろ」

「あったわね」

「あれはエキナを仕留めるために撃ったものだったんだよ。でもエキナは生きてるだろ？　それはエキナが魔法使いだったからなんだよ！」

「なにそれ」

意味わかんない。と彼女は軽くあしらう。

すっかり彼女は男との会話に興味を失っていたが、そんなことにも気づかず男は語り続ける。

「きっとこの国の政府は裏でとんでもないことをしようとしてるんだ。それで魔法使いを捕まえては、国で管理してるのさ――」

きっとこの国の政府は何かとんでもないことを企《たくら》んでいる。

「そんなことあるわけないじゃない」

あまりにばかげた話だ。

ため息交じりに彼女が冷静に否定しても、男は既に彼女の言葉に耳を傾けてはいなかった。

「この国は魔法使いを使って、住民の頭を弄《いじ》って、支配しようとしているんだよ――」

まるでそれがこの世の真実であるかのように、男は妄想《もうそう》を繰り広げた。

昼下がりの表通りで最も多く見かけるもの。

皆《みな》さんはそれが何だかご存《ぞん》じですか？

「ああっ！　魔女さん！　あなた、魔女さんなのね？　どうか私の願いを聞いてはくれないかしら！」

「………………」

そう、変な人です。

それは私がとある国を旅している頃のことでした。派《は》手《で》な身なりをした一人の女性が、派手な身振りをしつつ跪《ひざまず》き、私のおててに頬《ほお》をすりすりしながら「ああ魔女様……魔女様……」と囁《ささや》きます。

おおなんと情熱的《じょうねつてき》な態度《たいど》でしょう。恐《おそ》らく私と彼女がよく知る仲であったのならばこんなにもへりくだる彼女に対し少なからず多少なりともぞくぞくと嗜虐心《しぎゃくしん》をくすぐられたことでしょうが、しかしながら悲しいかな私と彼女は完全なる初対面。ぞわぞわと鳥肌《とりはだ》が私の全身を駆《か》けました。

「ああ……魔女様魔女様魔女様……」

「あの……ちょっと、やめてください迷惑《めいわく》です……」

「魔女様魔女様魔女様……」

「なにこのひと……」

唐突《とうとつ》に降りかかる理不尽《りふじん》に対し人はあまりにも無力《むりょく》です。そもそもどこのどなたなのかもわからないというのに一体なにゆえに私は彼女に絡《から》まれているのでしょうか。

あまりに唐突な出来事に私は少々面食《めんく》らいましたが、しかし衝撃《しょうげき》はこれだけに収まりませんでした。昼下がり、周りにたくさんの通行人が突拍子《とっぴょうし》もない謎《なぞ》の女性の行動を見ているというのに、彼らは私をまるで助けてくれようとはしなかったのです。

「おい……！　あれってもしかして大女優《じょゆう》のマリリンちゃんじゃないか……？」「本当だわ！　マリリンちゃんだわ……！　ということは何かの寸劇《すんげき》かしら」「ありゃあ恐《おそ》らく魔女に求婚《きゅうこん》する重てえ女の役だな。間違《まちが》いねえ」「素晴《すば》らしいわね……重てえ女ぶりが遺憾《いかん》なく発揮されているわ……」

まことに衝撃を受けたものですが、どうやら私に急に絡んできた彼女は演技《えんぎ》をするお仕事をなさっておられるようでした。

しかもそれなりに人気の方であるようでした。

「ああ魔女様……！　どうかこの私めの願いを叶《かな》えてくださらないかしら！」

ともするとこのような大げさな言動《げんどう》も演技の一環《いっかん》なのかもしれません。

するりするりと私の耳元まで顔を寄せる彼女はそれからこそこそ尋《たず》ねます。

「あのう……魔女様、初対面《しょたいめん》でこのような質問をするのは大変お恥《は》ずかしい限りなのですけれども、魔女様は魔女様なのですよね……？　こう、魔法をびゅーん、とやれるお方なのですよね？」

「はあ……」

魔法をびゅーんとやれるかどうかを尋ねるよりもまず手をすりすりすることは恥ずかしくなかっ

たのですかと尋ね返したい限りでしたが、ひとまず私は頷《うなず》いておきました。

「まあ！　やっぱりそうなのですね？　ところで魔法をびゅーん、とやれるのでしたら、こう、人の心を意のままに操《あやつ》ることができたりもしますの？」

「人の心を意のままに操る、ですか……？」

「ええ。具体的には嘘《うそ》をつけなくしたり、もしくは好意を自由自在に操ったり、相手を奴隷《どれい》のように操ったり、そういう都合《つごう》のよい魔法を使えたりはしませんの？　ぶっちゃけどうなんですの？」

「あなたは魔女を何だと思っているんですか……？」

「そういう感じの魔法を自在に使うことができる人だと思っていますわ」

私はため息をつきました。

「もしもそのような都合のよい魔法をいつでも自由に使うことができるのなら今まさに使ってます」

「まあ！　大女優である私に何をするおつもり？」

大げさに驚《おどろ》くマリリンさん。

すると彼女はすぐに私の言いたいことを理解しました。

「わかりましたわ！　私があなたに話しかけてきた理由を、目的を私のお口から喋《しゃべ》らせるつもりなのでしょう？　そうなのでしょう？　包《つつ》み隠《かく》さず洗いざらい私に話させるおつもりなのでしょう？」

「いや違いますけど……」

理解してませんでしたね……。

まったくもって理解してませんでしたね……。

というか話しかけてきた理由に関しては聞かれなくても普通に話して欲しいです……。

「しかしそこまで情熱的に求められては……仕方《しかた》ありませんわね……」

「求めてませんが」

「いいでしょう！　その期待《きたい》、応《こた》えて差し上げますわ！」

「期待してませんが」

「私があなたに依頼《いらい》したいことをこれからお話ししますわ。耳の穴をほじってよくお聞きなさい。魔女様。そして私の期待に応えて頂戴《ちょうだい》な」

「帰っていいですか？」

「あーっ！　あーあー！　いいんですの？　帰っていいんですの？　今帰るとどうなるか……わかりますわね？」

「どうなるんです？」

「ふふふ……素直《すなお》な子ですこと。それでは聞きなさい！　私の話を！　そう、話は今から二年ほど前に遡《さかのぼ》りますの――」

「で、今帰るとどうなるんです？」

「しーっ！　今ちょっと回想に入ったところだから黙《だま》って聞いて頂戴！　二年前……、そう、二年前の私はとても勝手《かって》な女だった」

「いや今もですけど？」

「まあ失礼《しつれい》！　あなたに私の何がわかるのかしら！」

「相手の話を聞かないところですかね」

「まあいいですわ。これから私の回想を聞いて、少しでも私のことを知って頂戴な――」

「今もなお聞いてないですね」

何はともあれこんなにも強引な女性にいきなり話しかけられた私は、唐突に彼女の回想に巻き込まれたのでした。


二年前。

マリリンさんが大女優として世間《せけん》から注目を浴びるようになったのが大体この辺りの時期のことだといいます。舞台の上で輝かしい活躍を見せるマリリンさん。

「ああ素敵《すてき》……素敵ですわ……」

そんな彼女の視線の先には、常に一人の男性の姿があったといいます。

「やあマリリン。今日の演技も素敵だったよ。特に舞台の上から観客を見おろす視線がよかったね。まるで恋人のような甘い視線に思わず胸がときめいたよ」

舞台が終わった頃に彼女にそのような甘ったるい感想を並《なら》べる男性が一人。

名はヴィンセント。

役者として彼女の先輩《せんぱい》にあたる方です。

「ヴィンセント様……」

そしてマリリンさんはそんな彼に心の底からきゅんきゅんしていました。恋をすれば猪突猛進《ちょとつもうしん》。押しても駄目《だめ》なら押し倒せがモットーであるマリリンさんは、常日頃《つねひごろ》からヴィンセントさんにアプローチを仕かけていました。今この瞬間も目をぱちくりとさせながら熱い視線を注いでいます。

「………？」

しかし悲しいかな、ヴィンセントさんはそこそこ朴念仁《ぼくねんじん》であったのです。彼女の必死のアプローチ虚《むな》しく、彼は「どうしたの？　目にゴミが入った？」と彼女の頬をそっと撫《な》でます。なんと彼は朴念仁でありながら更にすけこましでもあったのです。なんとややこしい性分《しょうぶん》でしょう。顔がよくなければ今頃彼は塀《へい》の中であることだけは間違いないでしょう。

「ヴィンセント様……」

恋をすると盲目《もうもく》と言いますが彼女においてはもはや自ら目を瞑《つむ》っておりました。目を閉ざし口をすぼめてさあさあ口づけなさいと顔を傾《かたむ》けます。

「あ、ごめん。そろそろ行かなきゃ。じゃあね」

しかしこういう時に女性に恥《はじ》をかかせてしまうのが朴念仁。

彼は「じゃあねー」と手を振りながら去ってしまいました。こうして一人取り残されたマリリンさんは、秋の冷たい風が吹く中、離れ行く彼の背中《せなか》を見つめます。

「ヴィンセント様……」

自らの手を胸の前で握《にぎ》り締《し》める彼女。その胸《むね》は焦《じ》らしプレイを受けているという事実に熱く燃え上がっていました。

こうして二年前の頃から彼女はずっと彼をお慕《した》いしているのだと言います。

「――そして二年間想い続けても尚《なお》、私と彼の関係は変わらないまま……。だから魔女様、協力して欲しいんですの！」

「……協力と言われましても」具体的にはどうすれば。

「嘘をつけなくなる魔法か何かを使ってこう……うまいことくっつけられませんの？　私たちを」

彼女は言いました。

なるほどつまり肝心《かんじん》なところは魔女に丸投げということですね。

「ところで一ついいですか？」

「なんですの？」

「……彼のどこがいいんですか？」

「顔ですわ」

「…………」

「顔ですわ」

○

「さあさあ魔女様！　私に魔法をかけてくださいな！　手始めに嘘がつけなくなる魔法などはいか

がかしら？　嘘も誤魔化《ごまか》しもできない状態で彼に逢《あ》えば彼はきっと私の気持ちに気づいてくれるはずですわ！」

「はあ……」

何で私がその魔法をあなたにかけて差し上げる前提《ぜんてい》で話してるんですか……？

「さあやって頂戴！」

「はあ……」

何で私がその魔法を使える前提で話しているんですか……？

というかそもそも。

「そのような魔法を使わずとも直接告白しちゃえばいいんじゃないですかね」

「まあ！　あなたは私の話を聞いていましたの？」

「あなたにだけは言われたくありません」

「彼にはこれまで何度もアタックしてきましたわ！　それでも当然のように駄目《だめ》でしたの！」

彼女曰《いわ》く二年間のうちに彼に対して愛を告白した回数はこれまで数十回に及《およ》ぶといいます。それでもヴィンセントさんは残念ながら彼女に告白される度にお得意の朴念仁を発揮してしまうようでした。

たとえばある日の舞台の後に、ごく普通に呼び出してごく普通に告白した時には、彼はこんな返事を寄こしました。

「素晴らしい……！　それは次の舞台でやる役の台詞《せりふ》だね？　いいね！　とてもよい演技だと思

うよ！」

彼は彼女の言動が演技だと勘違《かんちが》いしました。

なるほどならば次は演技だと勘違いされないようにしようと思い、彼女はラブレターを書いて渡してもみせました。

「――なるほどね。これは次の舞台で使う小道具だね？　いいね！　片思いしている女の子の心情がよく表れていると思うよ！」

彼は曲解《きょっかい》しました。

このあたりで大体お気づきかと思いますが彼はいかなる告白も「舞台のための演技だね？」と受け流す性質《せいしつ》を持っていたのです。

「すみませんそんな男のどこがいいんですか」

「顔ですわ」

話を聞く限り顔以外はダメダメですが、何はともあれ、そんな感じに二年間ものらりくらりと躱《かわ》され続けた結果、彼女はしびれを切らしてしまったのでしょう。

彼女は少々得意げな表情を浮かべつつ言いました。

「彼はいじらしい方だから、嘘をつけない魔法をかけない限りきっと私の気持ちにはっきり答えてくれることはないのですわ。二年も焦らされ続けて私、疲《つか》れてしまいましたの」

「しかし二年間ものらりくらりと躱し続けている時点でそれが答えといっても過言ではないのでは」

「えっ…………………………………………」

彼女の表情が絶望《ぜつぼう》に染《そ》まりました。

おっと余計《よけい》なことを言ってしまいましたね。

「すみません冗談《じょうだん》です。きっと彼はあなたのことが好きで好きで仕方ないのにシャイでシャイで仕方がないから本音でお話しできないのでしょうね」

「……果たして本当にそうでしょうか？」

驚くほど冷たい声。気づけば彼女の瞳《ひとみ》が暗く染まっていました。

どうやら私は何かよくないものを指摘してしまったようです。彼女は顔から表情を失いながら、

「最初にお話しした通り、ヴィンセント様は私の先輩にあたる役者。演技力は私よりも上ですの。彼の言葉をどこまで信じていいのか……本音を言いますと、私にはわかりませんの……」

「はあ……」

「役者はいついかなる時であっても役者であれと彼に教えられながら、私は女優として成長してきましたわ……だから、わかりませんの……。彼のどこからどこまでが役者で……どこからが本当の彼なのかが……」

急に暗くなった彼女を見据《みす》えながら私はなるほど明るい女性から暗い女性の役までこなせる彼女はまさしく大女優だなぁとぼんやり思っていました。

しかしどうやら彼女にとって痛いところをついてしまったようですね。

「いつも彼は私のことを可愛《かわい》いと言って撫でてくれますわ。いつも彼は舞台のあとに差し入れを

持ってきてくれますわ。たくさん楽しい話をしてくれますわ。私の容姿《ようし》も、服も、髪も、何もかもいつも褒《ほ》めてくださいますわ。付き合いたいとも何度も言ってくれましたわ。でも、私は不安ですの……。本当は彼の言動のすべてが、演技なんじゃないかって……」

「すみません話を聞けば聞くほど思うのですけどほんとにそんな男のどこがいいんですか」

「顔ですわ」

彼女は俯《うつむ》きながら言いました。「だって顔だけは、偽《いつわ》ることができませんもの……」

お、重い……。

「だから嘘をつけない魔法をかけて欲しいんですの！　お願いですわ魔女様！」

「ええ……」

私は少々困《こま》りつつも、彼女に一言。「しかし話を聞いた限りだと彼もまあまあなたにアプローチかけてるみたいですし、普通に正面切って告白すれば普通に受けて貰《もら》えるのではないですか」

付き合いたいと何度も言われているんですよね？　じゃあいいじゃないですかもう。

「まあ！　何をちゃんと聞いていましたの？　魔女様」

「あなたよりは聞いていると思いますが……」

「彼は一人の男性である前に演者ですわ。そんな彼のリップサービスを真に受けるなんてただのお馬鹿《ばか》ですわ」

「？　べつに馬鹿でもいいじゃないですか」

何か問題が？　と私は首をかしげてしまいます。「そもそも自分にとって得にならない嘘なんて人はつかないでしょう。お馬鹿になって彼の言葉をすべて額面《がくめん》通りに受けたところで何の問題があるんです？」

少なくとも嘘をつくことで困った事態《じたい》になるようなことは避けようとするはずです。

つまるところヴィンセントさんにとって彼女に好意を向けられることは悪いことではないのでしょう。彼がもしも本当に彼女に対して興味も何もないのであれば、とうの昔に彼女と彼は言葉を交わさなくなっていることでしょう。

甘い言葉の裏にある真意を考え続けて何になるのでしょう。

恋をするついでにお馬鹿になってしまえばいいのです。

「まあ、どうしても嘘をつけなくなる魔法をかけてもらいたいというのならば、協力して差し上げるのもやぶさかではありませんけれども――」

「ま本当ですの？　じゃあお願いしますわ！　魔法！　魔法をかけて頂戴な！」

「でも物事を依頼するからにはお金をとりますよ？　いいんですか？」

「構いませんわ！　幾《いく》らですの？　ちなみに私、お金は結構持っていましてよ。だって大女優だから！」

お財布《さいふ》の紐《ひも》ゆるゆるな彼女はそれから「さあさあ素敵な魔法の対価《たいか》を支払わせて頂戴な！」とのたまうのでした。

私はとりあえず申し訳程度のお金を受け取ってから、

「はい。じゃあ魔法かけますよー」

と杖《つえ》を出し。

「えいやっ」

というかけ声とともに、私の杖から魔法が放たれます。

直後に彼女の頭の上に、ぽんっ、と可愛《かわい》らしい音とともに一輪の花が咲きました。

「何ですのこれ！」

彼女は驚きました。

私はそんなマリリンさんに対し得意げな顔を浮かべつつ、

「それは愚者《ぐしゃ》の花と言いましてね、その花が咲いている間はいかなる嘘も演技もできなくなるのです。まさに役者殺しの花といえるでしょう」

つまりその花が咲いている間はどんな言葉も真実。

告白するなら今しかないですよ、と私は彼女の背中を押して差し上げました。

「まあ！　なんて素晴らしいのかしら！　ありがとう魔女様！　私、これならなんだかイケる気がしますわ！」

私の手をとりぶんぶんと振り回さんが如《ごと》く熱く握手《あくしゅ》を交わすマリリンさんは、それから「善は急げですわ！」と立ち去ってしまいました。

恐らくはヴィンセントさんとやらのところに行くのでしょう。

「いやはやせわしない人ですね……」

やれやれと肩《かた》をすくめつつ、私は杖を仕舞《しま》います。

ところで私とマリリンさんの一連のやり取りというのは周囲から見てもそれなりに目立っていたようでした。彼女が立ち去ったあとになって、今まで私たちの動向《どうこう》を見守っていた通行人の方が、話しかけてきましたから。

「いやあすげえな。魔女ってあんなこともできるのか……」

演技できなくなる魔法とはなかなか恐ろしい魔法だなぁ、と通行人の男性は物珍《ものめずら》しそうに言いました。

私は驚きました。

おやおやもしかして私は女優に向いているのでしょうか？

「そんな魔法かけてませんよ」

そもそも嘘をつけなくなる魔法など、そうそう簡単にこの場でひょいとできるようなものではないのです。

私が今やったのは、ただ杖から魔力を出して頭の上あたりにお花を咲かせただけ。

彼女にとって本当に必要だったのは嘘がつけなくなる魔法よりも、あと少しだけヴィンセントさんとやらへの距離を詰められるだけの勇気と、お馬鹿になる覚悟《かくご》でしょう。

まあ要するに。

「今のは得にならない嘘です」

その翌日に私は泊まっていた宿をチェックアウトし、近場の喫茶店《きっさてん》で朝食をとり、新聞を読みつつぼんやり過ごしたのちに国を出ることにしました。

元より国を出るつもりでしたし、ひと通り国も観光しましたし、それに、このまま滞在していたらまた妙《みょう》な方に絡まれるかもしれませんからね。

「そろそろ行きますか――」

席から窓の外を見上げます。陽射しは街《まち》の通りを満遍《まんべん》なく照らし、空は青く澄《す》んでいます。

いい旅日和《びより》です。

私は新聞紙を置いて、一息つきました。

この国は話題と呼べるものに飢《う》えているのかもしれません。

新聞の一面は、とある役者ふたりの熱愛報道が飾っていました。

紙面曰く、大通りの真ん中で熱い熱い愛の告白を交わした二人の役者がお付き合いをするようになったそうです。大女優と呼ばれている人気女優と、そしてとてもとても顔立ちが整っている俳優《はいゆう》さんの熱愛に、紙面上でも祝福《しゅくふく》の言葉が綴《つづ》られていました。

しかし言葉の割に、一面にでかでかと印刷されている彼らの表情はそんなおめでたい雰囲気《ふんいき》とはかけ離れていました。どこか面白おかしい外見をなさっていたのです。

頭の上に、花が咲いていたのです。

向かい合う二人の頭の上に、一輪の花が、それぞれ咲いていたのです。

ですから、私は笑ってしまいました。

新聞の上。

そこには嘘偽《いつわ》りのない驚いた表情があったのですから。

○

「おや、出国ですね？　滞在《たいざい》まことにありがとうございました！」

門まで辿《たど》り着くと、しゅっ、と門兵さんが敬礼《けいれい》をしつつ迎えてくれます。

私は門兵さんに倣《なら》うように敬礼を返しつつ、

「こちらこそ数日ありがとうございます」と一言お世辞《せじ》の言葉。

「有難《ありがた》きお言葉！　ありがとうございます！」門兵さんはそんな私の言葉を額面通り受け取り、喜《よろこ》んでおりました。

そのうえで門兵さんは紙切れとペンを用意し、

「ところで魔女様、我が国では現在、訪れた方々にアンケートをとっているのですが、もしよければ幾《いく》つかの質問に答えてはいただけませんか？」と尋ねるのでした。

「はあ」

まあ別に急いでいませんし、構いませんけど。

と私は頷きます。

「ありがとうございます！」

彼はそれから、国に入るまでの印象《いんしょう》、国に入ってからの印象の変化。国の人々は私に対して優しくしてくれたか。国の治安《ちあん》はどうだったか。印象に残っている出来事は何か。何か悪い人に絡まれなかったか——ありとあらゆることを聞いてきました。

随分《ずいぶん》と事細かに聞いてくるもので、私は正直に質問一つひとつお答えしつつも、「どうしてそんなことを聞くんです？」と尋ねていました。

門兵さんは少々困《こま》ったような顔を浮かべながらも事情を話してくれました。

この国は元々、役者さんたちが自らの演技を磨《みが》きながら生活を送る土壌《どじょう》として利用していたそうです。お仕事をしながら演技の練習をし、そして演技の練習をしながらお仕事をする。そういう国であったそうです。

ところが売れない役者さんばかりのこの国において、役者として大成《たいせい》できる人はさほど多くはなかったそうで、やがて役者さんたちは旅人や商人を相手に詐欺《さぎ》のような手法でお金儲《もう》けをするようになったと言います。

手っ取り早くお金儲けをしようと考えたのでしょうね。

しかし今から十数年ほど前にこれらのあこぎな商法が問題視されるようになったのでしょう。この国に訪れる旅人や商人は徐々《じょじょ》に徐々に数を減らしていき、やがてまるで存在していない国であるかのように観光客も立ち寄らなくなってしまったのだと言います。

「我々《われわれ》はかつての行いを反省《はんせい》しました。見に来てくれる観光客がいなければ、我々のような役者の端《はし》くれをスカウトしてくれる者も来ない。注目を浴びなければ浴びないほど私たちの存在は隅《すみ》に追いやられるばかり……」

「…………」

やがてこの国の人々は、たとえ遠回りであっても、地道《じみち》であっても、まっとうに努力をして演技を磨くようになったといいます。

そうして今のように他者の評価を気にするこの国ができあがったのでしょう。

「魔女様、この国は如何《いかが》でしたか？」

かつての風習が未だ色濃く残るこの国では、きっと未だに嘘と本当の境目《さかいめ》が曖昧《あいまい》です。

果たして私がここで本音を語ったとして、その言葉を額面通りに、ただのお世辞ではなく、本音として受け取ってもらえるでしょうか。

私はそんなことを想いつつ。

嘘偽りない言葉を、語りました。

「素敵な国でしたよ」

ぽんっ、と。

私は頭にお花を咲かせるのでした。

それから数か月後の話です。

私がとあるレストランで旅人さんから小耳にはさんだ話なのですが、最近、頭に変なお花をくっ

つけた住民ばかりいる変な国があるそうです。

嘘みたいな話なんだけど、これが本当に実在する国なんだよ――と、旅人さんは地図を指差しました。

そこは、私が数か月前に訪れた国。

かつて、物語の国と呼ばれていた国でした。

月光の国イーヒリアス

初秋《しょしゅう》の涼《すず》しい夜のことです。

その日、国にいたすべての人が空を見上げていました。

子どもも大人も、身分も性別も関係なく。誰もが等しく、平等に、夜らしからぬまばゆい空を見上げていました。

夜道を歩いていた者は立ち止まり、部屋にいた者は窓を開いて、人々は一様《いちよう》に感嘆《かんたん》のため息をこぼしました。

月が浮かぶ暗い暗い空のもと。

金色《こんじき》に輝く小さな光の粒《つぶ》たちが、絶え間なく、ゆっくりと街《まち》に降り注いでいたのです。

とても幻想的《げんそうてき》な夜でした。

とてもとても眩《まぶ》しい夜でした。

眠れられないくらいに。

忘れられないほどに。

「ふわあ……」

門の前にて。

ほうきからゆっくりと降りつつ、情けない声をお腹《なか》の底から漏《も》らし、だらしのない顔で欠伸《あくび》をする一人の旅人がおりました。

髪《かみ》は灰色《はいいろ》、瞳《ひとみ》は瑠璃色《るりいろ》。身に纏《まと》うのは黒のローブと三角帽子《さんかくぼうし》。胸元《むなもと》には星をかたどったブローチがひとつ。

彼女は旅人であり、魔女でした。

「ふわあああ……」

そして徹夜《てつや》で国から国を渡ったせいでおねむでした。欠伸が止まりません。

「どうも……」

「月光《げっこう》のイーヒリアスへようこそ」

ところでこの睡眠欲《すいみんよく》に対して完全に白旗《しろはた》を上げている情けない魔女は一体どなたでしょう？

そう、私です。

眠い……。

「魔女様は我《わ》が国のことをご存《ぞん》じですか？」

「名前くらいなら……」

旅人たちが集まるレストランで聞いたことがあります。なんでも、「眠いときに行くととても面白《おもしろ》いことが起こるから、是非《ぜひ》行ってみるといい」とのことで、詳細《しょうさい》はよくわからなかったのですけれど、噂《うわさ》を信じてこうしてわざわざ徹夜で訪れてみたのです。

さて一体どんな面白いことに巡《めぐ》り会……ねむ……。

「入国に際してまず説明があるのですが……、大丈夫《だいじょうぶ》ですか魔女様」

「だいじょうぶです……むにゃ……」

何かこう……驚くことでも起こってくれれば眠気《ねむけ》も醒《さ》めてくれることと思うのですけれども……。

「ではまず最初に、魔女様。財布《さいふ》のお金をすべて預《あず》けて頂《いただ》けますか」

「……？　なぜです……？」

「この国には通貨《つうか》がありません」

「は？」

ん？　今なんと？

眠気が一瞬《いっしゅん》で消し飛んだのですけれど？

「この国では通貨の代わりに時間をやり取りしているのです――」

門兵さんはそれからこの月光のイーヒリアスの詳細を語ってくれました。

「…………」

特殊な国の特殊なお話を聞きながら、私は門の向こうに目を向けます。

金色の結晶《けっしょう》の塊《かたまり》を掲《かか》げたお城が一つ、建っていました。

○

「いらっしゃいお嬢《じょう》ちゃん。パン一つかい？　毎度。それじゃあ一時間ちょうだいな」

街路樹《がいろじゅ》が並ぶ大通りの脇《わき》に白く美しい建物が整列して、往来《おうらい》する人々を見おろしていました。お昼時ということもあり通りには様々な人の姿が見受けられます。

お買い物をする方。喫茶店《きっさてん》で読書をする人。ベンチでゆっくり一休みする人。通りに行き交う人々にお料理を提供する人。

それから露店《ろてん》でパンを買う旅人こと私。

「お金ってどうやって払ったらいいですか？」

露店のおばさんに首をかしげる私でした。

この国には通貨がないと語った門兵さんは、私にお財布の代わりに、懐中時計《かいちゅうどけい》のようなものを持たせたのです。

それはとても奇妙《きみょう》な代物《しろもの》でした。

文字盤《もじばん》には八までの数字しか刻《きざ》まれておらず、針《はり》も一つだけ。蓋《ふた》には青白《あおじろ》い石と金色の石がそれぞれ嵌《は》めこまれており、私の手の中で光っていました。

これはこの国において通貨の代わりに利用されている結晶時計《けっしょうどけい》と呼ばれるものであるようです。

この国ではお金の代わりに時間を売買するのだそうです。

「使い方がよくわからないんですけど……」

入国の際に受け取ったはいいものの、いまいち使い方がよくわかりませんでした。眠かったのでしかたないですね。

「一時間」おばさんは私の結晶時計を指差しながら、言います。「一時間ぶん、巻き戻してみな」

言われた通りにくるりと針を戻すと、小さな丸い玉が一つふわりと浮かび上がりました。それから露店のおばさんが自らの結晶時計を近づけると、玉はゆらゆらと揺《ゆ》れながら、吸い込まれていきました。

そしておばさんの結晶時計の針が、一時間進むのです。

曰《いわ》くこれで売買は成立だそうです。

「ははあ随分《ずいぶん》と面妖《めんよう》な仕組みですね」

パンを受け取りつつ結晶時計をしげしげと眺《なが》めました。

この時計の文字盤に刻まれている時間が八までしかないのは、八時間で単位が繰り上がり、一日分となるからだそうです。

しかし一体どうしてこのような奇妙《きみょう》な物を国の通貨の代わりとして利用しているのでしょうか?

この奇妙な国の成り立ちに私は当然のように興味を持ちました。

この国で売買しているのは、一体何のための時間なのでしょうか?

「——一年前の話です」

忙《いそが》しそうに人々が行き交う大通り。

隅《すみ》っこのほうで、小さな子どもたちが集まり、地面にぺたりと座り込んでいました。見れば視線の先で男性がお人形劇《にんぎょうげき》を披露《ひろう》しています。

『結晶時計を作りし湖畔《こはん》の魔女の物語』

そのように題された檀上《だんじょう》には水色の髪の女性を模《も》したお人形が糸で吊《つ》るされ、踊《おど》っていました。

なんだかよくわかりませんがこの国独自《どくじ》の人形劇のようですね。

興味深いですね。

私は何食わぬ顔でちびっ子たちの中に加わりました。

「冒険と発明が趣味の魔女——湖畔の魔女カロリーネ様はとある洞窟《どうくつ》で、不思議な結晶を見つけました」

洞窟にあった結晶は二つ。

金色の結晶と、青白い結晶。

きらきらと輝く二つの結晶が檀上に現れます。

「結晶の美しさに魅了《みりょう》されたカロリーネ様は、それら二つを国へと持ち帰りました」

そして人形劇の背景《はいけい》が、くるりと反転。この国の情景《じょうけい》の中で、まばゆい結晶二つを抱えたお人形が檀上で揺《ゆ》れました。

「カロリーネ様が見つけたこの結晶には、特別な力が宿っていました。金色の結晶は木々《きぎ》や草花《くさばな》から溢《あふ》れた魔力を貯め込み、そして青白い結晶は近くにいる者の睡魔《すいま》を奪い取り、魔力へと替える力を持っていたのです」

壇上のお人形がまばゆく光る二つの結晶を覗《のぞ》き込みます。どうやら湖畔の魔女殿《どの》は便利《べんり》な結晶にご執心《しゅうしん》であったようです。

「睡魔を奪い取るこの性質を用いて生活を豊かにできないだろうか？　カロリーネ様はそうお考えになり、二つの結晶を研究なさいました」

しかし、睡魔を奪い、魔力へと替える性質は、便利ではあるものの、いいことばかりではなかったようです。

青白い結晶が奪《うば》うのは睡魔だけ。身体の疲《つか》れは失われることがないようでした。

劇の途中《とちゅう》、壇上でぱたりとカロリーネさんのお人形が倒れ、「おお大変だ！　何日も働き続けていたせいでカロリーネ様が倒れてしまった！　しかしねむることができない！　大変だ！」などと大げさに演技なさっていましたから。

「しかしここでカロリーネ様は考えました。眠れないなら魔法で眠ればいいじゃない、と」

結局眠るためにカロリーネさんは自らに魔法をかけて無理やり眠る方法をとったようです。

「それ結晶から離れれば解決できたんじゃないですかー？」

ちびっ子の一人が「はーい」と手を挙《あ》げて尋《たず》ねました。

「そうだね。でもカロリーネ様は天然《てんねん》だったんだよ」男性は顔を上げずに丁寧《ていねい》な口調でよくわからないことを言いました。

「それってつまりカロリーネさんが馬鹿《ばか》ってことですかー？」

ちびっ子の一人が再び尋ねました。しかしよく見るとそれはちびっ子に紛《まぎ》れた灰色の髪の成人女性でした。

「あ、はい。そうです」

男性は敬語《けいご》になりました。

それからほどなくして、カロリーネさんの研究《けんきゅう》は成果《せいか》を上げるに至《いた》りました。

青白い結晶が持つ睡魔を魔力に変える性質と、金色の結晶が持つ魔力を貯め込む性質。そして彼女自身が持っていた睡眠魔法の三つを合わせて、カロリーネさんは結晶時計を作り上げたのです。

一時間眠りたいときは一時間分だけ時計を巻き戻し、八時間眠りたいときは同様の方法で八時間分の睡眠魔法にかかり、眠りにつきます。

一度眠ってしまえば青白い結晶時計が幾《いく》ら眠りを魔力に変換《へんかん》したとしても結晶時計が睡眠魔法をかけ続けるため、時間が訪れるまでは目を覚ますことがなく、そして身体を絶《た》えず魔力が身体を巡《めぐ》るため疲れがものすごい勢いでとれるとかとれないとか。

そのような胡散臭《うさんくさ》いお話を檀上の人形を操りながら男性は語りました。

「完成した結晶時計を国王様に献上《けんじょう》すると、国王様はとてもお喜びになりました」

カロリーネさんの横にするりと現れたのは髭《ひげ》もじゃもじゃのお人形。

髭もじゃもじゃのお人形はカロリーネさんの手にある結晶時計を覗《のぞ》き込んで飛び跳《は》ねました。

そして国王様もまた、この面白くもあり若干《じゃっかん》ながら怪《あや》しげな結晶の虜《とりこ》になったようです。彼はこの結晶時計を、通貨の代わりに使えないかと提案したのだとか。

カロリーネさんは国王様の提案に頷《うなず》き、そして結晶時計に改良を施《ほどこ》しました。

「そうして完成したのが、今私たちが持っているこの結晶時計なのです」

男性は自らのポケットから懐中時計――のようなものを取り出します。

青白い結晶と金色の結晶が嵌めこまれた蓋を開けると、時計が露《あら》わになります。文字盤に刻まれた数字は一から八まで。時を刻む針は一つしかなく、頂点《ちょうてん》を指したまま動きません。文字盤には小さな窓が開いています。大抵《たいてい》の時計はこのような小さな窓に日付が表示されているものですが、結晶時計とやらには『四十二』との数字が刻まれていました。

一見《いっけん》すると斬新《ざんしん》な壊《こわ》れ方をした時計にしか見えませんが、この数字はどうやら残りの眠ることができる日数を示しているようです。

「この国において、睡眠とは通貨に変わる大事なもの。僕《ぼく》たちが安心して暮《く》らせるのも、カロリーネ様のおかげなのです」

そして場面が移り変わり、美しい花に囲《かこ》まれた棺桶《かんおけ》に、カロリーネさんのお人形が横たわります。

「結晶時計という素晴《すば》らしい発明を作り出したことで巨万《きょまん》の富《とみ》を得たカロリーネ様はその後、結晶時計によってこの国が素晴らしくめざましく発展したときに蘇《よみがえ》ると言い残して、長い眠りにつきました」

そうして彼女は一年もの間、眠り続けているといいます。

…………。

いやいやいやいやいや。

「はいはーい。一年も寝てたら身体が腐《くさ》っちゃうんじゃないですかー」

ちびっ子の一人が再び手を挙げました。

男性は恐《おそ》る恐る顔を上げたのちにちびっ子のなかにしれっと紛れ込んでいる成人女性に顔をしかめました。

「これ昔話《むかしばなし》なので野暮《やぼ》な突《つ》っ込《こ》みをされても困《こま》ります……」

「昔話と呼ぶには年代が新しすぎる気がしますが」

「あとこれ子ども向けの芝居《しばい》なので大人に突っ込まれても困ります……」

「私こう見えてもまだ子どもなんです」

「子どもと呼ぶには育ちすぎてる気がしますが」

「よく寝る子なんです」

まあ流石《さすが》に子ども向けに多少の脚色《きゃくしょく》はなさっていることでしょう。

カロリーネさんがその後実際にはどうなったのかはわかりませんが——ひょっとして既《すで》にお亡《な》くなりになっているのでしょうか？

「こうしてカロリーネ様に素晴らしくめざましく発展した我が国を見せるために、国王様は結晶時計を用いて国を治《おさ》めているのです」

だからみんなも清く正しく生きなければならないよ、と男性は語り。

そして子どもたちは立ち上がり、一斉《いっせい》に拍手《はくしゅ》しました。

「…………？」

立ち上がり、拍手した子どもたちの目は、虚《うつ》ろに檀上を捉《とら》えています。二つの結晶と共に髭もじゃもじゃの高貴《こうき》な男性が檀上では踊っていました。

国を作り替えるほどの代物を作った直後に永《なが》い眠りについたカロリーネさんと、今のこの国を支配《しはい》している国王様。

その関係性からは、どことなく後ろ暗い背景を感じてしまいますね。


「カロリーネ様は一年前から眠っているよ。それは事実だ」

それから訪れた宿屋にて。

店主さんに道中《どうちゅう》で見たことを話すと、彼は平然《へいぜん》とそのようなことを言っていました。

「本気ですか？」人が一年間も寝るだなんておかしなことだと思いますが。

「そのように教えられているからね」

とても冗談《じょうだん》を言っているようには見えませんでした。

しかし失礼《しつれい》ながら、あまり物を考えて話しているようにも見えませんでした。

この国の人々は普通に会話は成り立つのですが、しかしどなたもどことなく奇妙な目をしていました。虚《うつ》ろで、どこを見ているのか定まらない、暗《くら》い瞳をしています。まるで寝不足のよう。

「…………」

店主さんは私から宿一泊ぶんの代金として睡眠時間二日――ふわふわとした大きな玉を二つ、私の結晶時計から吸い取ります。

「だが一年前から国王様は彼女が帰ってくることをずっと心待ちにしている。彼女が帰ってきたときに素敵な国だと言わせるために、国王様は我が国を統治《とうち》しておられるんだ」

それは随分と立派《りっぱ》な心がけに思えますけど。

「国王様にとってのカロリーネさんって何なんですか」

いくら国を変えるほどの発明をしたとはいえ、一人の魔女にいささか執心しすぎているように思えるのですけれど。

「初恋の相手だ」

「あらあら」

私は手の中にある結晶時計をぱたんと閉ざしながら、店主さんからお部屋の鍵《かぎ》を受け取ります。

ごゆっくり、と言葉を受けながら、私は用意されたお部屋へと向かいました。

「しかし不思議《ふしぎ》な気分ですね……」

部屋に辿《たど》り着くなり荷物を置いて、私は少々お堅《かた》いベッドに寝そべり天井《てんじょう》を眺《なが》めます。

さすがに夜通《よどお》しでほうきで飛び続けたために魔力の消耗《しょうもう》と疲労感《ひろうかん》が身体にまとわりついています。

身体が重く、だるく、ベッドへと沈《しず》みます。もう動きたくありません。

本来ならばこの時点で私は眠くて仕方《しかた》がないはずなのです。徹夜明けですし。

「……ぜんぜん眠くない」

しかし私の瞼《まぶた》はぱっちり開いて天井を見つめたまま。

この国を観光している最中もそうだったのですが、試しに瞼を閉じても眠れることはありません。

ただ目の前が暗闇《くらやみ》になるだけです。

そろそろ眠りたいと駄々《だだ》をこねる私の身体に反して意識は眠りから遠い場所にあります。まるで身体が私のものではないかのようですね。

「試しに使ってみますか」

私は結晶時計の針を三時間ほど戻してみます。

小さな丸い玉が三つ、ふわりと浮かびました。手のひらに移してみると、丸い玉は中途半端《ちゅうとはんぱ》に浮かんだままふわふわと手の上で踊っていました。

宿屋の店主さん曰く、結晶時計から取り出した時間だけこの国では眠ることができ、言い換えるならそれ以上は決して眠ることができないということでもあり、まあ要するに遅刻《ちこく》の言い訳に寝坊《ねぼう》を使えない国、ということですね。

私は小さな丸い玉を三つ、呑《の》み込みました。

直後に結晶時計が、かしゃん、と音を立てて、甘い甘い花の香りが漂《ただよ》い始めました。この香りこそが睡眠魔法であるようです。徐々《じょじょ》に私の身体は重く、ベッドへと沈んでいきました。

店主さん曰く、肩《かた》を触《ふ》れられたり、声をかけられたり、そういった外部からの刺激がなければ、決められた時間まで決して起きることはないそうです。

私は時計を見ました。

これから三時間後は夕方《ゆうがた》。

目を覚ましたときにはどんな世界が待ち受けているのことでしょう?

夢を見ました。

この国の中央《ちゅうおう》に佇《たたず》む王城《おうじょう》。その地下。

たくさんの花が咲く部屋の中央に、大きな棺《ひつぎ》が置かれていました。

中を開けば、白色のローブを着込《きこ》んだ水色の短い髪の女性が、祈《いの》るように手を組み、眠っていました。あまりに美しい顔に、まるで吸い込まれるように、私は彼女の顔を覗《のぞ》き込みます。

「――待ってた」

直後。

エメラルドグリーンの瞳が私を捉《とら》えていました。

眠っていたはずの彼女は目を覚まし、起き上がり、そして不敵《ふてき》に笑うのです。

「――君のような者が来るのを、待ってた」

そして、彼女は自らの額《ひたい》と、私の額を、くっつけました。


「…………」

というのが、きっちり決められた三時間の睡眠の中で見た夢でした。

ぱちりと目を覚まして窓の外に目をやれば、既に暗がりの中。

一日が終わりに差しかかっていました。なんだか勿体《もったい》ないことをしたような気分に見舞《みま》われてしまいますね。

「……おお」

起き上がった直後に私は自らの身体の異変《いへん》を感じました。

身体が異常とも思えるほどに軽いのです。

身体中に力が満《み》ち溢れています。今ならばどのような魔法であっても放てるような気がしました。

夜通しで飛び続けて失った魔力や肉体的疲労が、たった三時間の睡眠ですべてまんべんなく快復《かいふく》することはまずありません。

にもかかわらず身体は疲れを忘れてしまっていたのです。

身体が異様なまでに元気だったのです。これこそが結晶時計を使用して眠った効果なのでしょうけれども――。

「凄《すご》いですね……」

持て余した元気を用いておりゃー、とベッドから飛び起きる私でした。

『ふふふ。そうだろう、そうだろう。それこそ私の結晶時計の力なのだよ』

するとベッドの脇《わき》で壁に寄りかかり偉《えら》そうに腕を組んでいた女性が『照《て》れるぜ』としたり顔を浮かべました。

「…………」

私は目をこすりました。

『いきなり驚《おどろ》かせて悪いね。私の名前はカロリーネ。君が持っているその結晶時計の設計者《せっけいしゃ》さ』

女性は淡々《たんたん》と自己紹介を始めます。

私は自らの頬《ほお》をぺちぺちと叩きました。

『おいおい、私の存在を疑《うたが》ってんのか？　私は確かに現実の存在だよ』

呆《あき》れながら彼女は言います。やれやれと肩をすくめます。

ところで彼女の身体の向こうの壁《かべ》が透《す》けて見えるのですけど？

『ああん？　なんだいきなりにらみやがって。やんのかこら。おらっ』

しゅっ、しゅっ、と私に向けてこぶしを突き出すカロリーネさんとやら。彼女のこぶしは私の額を通り過ぎて行きます。

彼女は私に触れることができず、私もまた彼女に触れられません。

どうやら彼女は実体のない存在であるようです。

「…………」いきなりの展開に私の頭は混迷《こんめい》の中にありました。「……何ですか？　結晶時計を使うと変な幻覚《げんかく》でも見るようになるんですか……？」

『むっ。よい着眼点《ちゃくがんてん》だ。君が疑問に思った通り、私の結晶時計を使うと大なり小なりさまざまな異変が起こる。大抵の人間は気づかないがね。しかし君のように強い魔力を持った人間が使えば、異変を自覚することができるのさ。あと私は幻覚じゃねえ。なめんな』

おらっ、おらっ、と今度は私の顔のあたりめがけて平手《ひらて》を振り回す彼女。

やはり空振《からぶ》り。秋の涼しい夜風だけが私の首元をくすぐりました。

「幻覚じゃないなら何なんですか……」

『夢……かな』

それはもう幻覚といって差《さ》し支《つか》えないのでは。

それで夢のカロリーネさんが私に一体何の用でしょう。

『ところで君、今から暇《ひま》かね。デートしない？』

親指で窓の外を差して彼女は言います。

「…………」

私は窓の外を見ました。もうすぐ夜になります。

デートですか。

……いやだなあ。

『おい嫌《いや》そうな顔すんなよ。ぶっとばすぞ』

おりゃ、おりゃ、と彼女は私の膝《ひざ》の辺りめがけて蹴《け》りを入れます。とはいえ依然《いぜん》として半透明《はんとうめい》の彼女の攻撃はすべてまんべんなく私を通り過ぎるのです。

「…………」

『おいおい無視《むし》か？　君が私を無視する限り永遠《えいえん》に目の前をうろちょろし続けるぞ。いいのか。ん？』

それはちょっと鬱陶《うっとう》しいですね……。

「ちなみに断ったらどうなりますか」

『決まってんだろ。化《ば》けて出る』

もしかしたら、この時の私は寝起きゆえに正常な判断力がまるで働いていなかったのかもしれません。

突然部屋に現れた女性のお誘《さそ》いにあっさり頷き、ふらふらと宿を出るなど、普段《ふだん》の私であれば絶対にありえな……いや……案外《あんがい》そうでもないような……？

まあいいです。

ともかく私は、彼女のお誘いに首肯《しゅこう》で答えたのです。

『おっ。なんだ。いいね君。話がわかるじゃないか。素直《すなお》な子は好きだよ。やはり君は私が見込んだ通りの魔女だ』

実のところ、私自身、彼女の存在がとてもとても気になっていたのです。

水色のショートカット。

身に纏うのは白色のローブ。

私を見つめるのはエメラルドグリーンの瞳。

その姿は、夢で見た女性と瓜二《うりふた》つだったのです。

まるで昼間に見た人形劇の内容をなぞったかのように。

陽《ひ》が沈《しず》み始めると、街が活気《かっき》づきました。

大通りは虚ろな目の人で溢れており、試しに近場のレストランに赴《おもむ》いてみればほぼ満席。店員さんたちがあちこちを忙しそうに歩き回る中、綺麗《きれい》な格好《かっこう》をした大人たちがお酒と料理に溺《おぼ》れておりました。

「で、あなたは一体何なんです？　どこから来たんですか？　というか何の目的で私と接触《せっしょく》してきたんですか。あと何で一年間も姿をくらましてたんですか」

お水と料理は私の前にだけ置かれました。どうやら半透明の彼女の存在は私にしか認識できないようです。

つまり傍目《はため》に見れば私は席の向こう側に話しかけている変な女というわけです。

けれどまあ、私の存在が変に目立つようなことはないでしょう。

「はははは！　ははっ！」「ひぃ、ひぃ……だ、駄目《だめ》だ……笑いすぎておかしくなる！」辺りを見回してみれば、笑い声があちこちから上がっていました。

お酒《さけ》に酔《よ》って何もかも面白くなってしまっているのでしょう。

店内には会話と笑い声が飛び交っています。

とある席ではフォークを落としただけでお腹がよじれるくらいに笑う方々がいたり。

とある席では「うぇーい！」という意味不明な鳴き声を上げる男どもがいたり。

とある席には「なんだかあたし、飲みすぎちゃったぁ……」「そうなんだ。大丈夫？　帰れる？」「帰りたくない気分……」「いや気分は聞いてないけど」「お泊りしたいなぁ」「あ、この辺に宿屋あるね。送って行こうか」「あたし誰かと一緒じゃないと寝られないのぉ」「そうなんだ。よく今まで生きてこれたね」などと若干噛《じゃっかんか》み合っていない会話を繰り広げる男女がいたり。

周りの席のことを気にかけている人間など、絶えず歩き回って料理を運んでいる店員さんたち以外にはいませんでした。

『私が何かって？　さっきも言ったろ。私は夢のようなものだよ』

「もうちょっと具体的にお願いします」

『半透明のやつに具体性を求めるなよ』

「とりあえず透《す》けてるんで幽霊《ゆうれい》のような存在という認識でいいですか」

『幽霊というのは語弊《ごへい》があるな。私のはきちんと本体がいてだな、まだ眠っているんだ。だから幽霊というよりは生霊《いきりょう》で――』

「めんどいんで幽霊ってことにしときますね」

慌《あわ》ただしい様子の店内ですから、半透明のよくわからない存在と会話をしている魔女がいたとしても目立つことはないでしょう。

「おい……！　見ろよあの席！」「どうした？」「魔女の子が一人で喋《しゃべ》ってる……向かい側の席誰もいないのに……」「え？　うわ！　ほんとだ……」「ちょっと痛《いた》い子っていいよね……」「わかる……」

………。

目立つことはない、と思いたいんですけどね……。

『ところで私はまだ君の名前を聞いていないのだが、何と呼べばいいかな。……何か君、顔赤くね？　どうした？』

「なんでもありません……」

私はそこで自らの名を明かし、旅人であることと、そして、特殊な性質のこの国に興味を抱いてやって来たことを明かしました。

結晶時計というこの国独自の道具に関しても非常に興味関心があることも明かしました。

『えっ？　マジ？　そんなに凄い？　へへへ……改めて言われると照れるなぁ……』

結晶時計を作った張本人《ちょうほんにん》を自称《じしょう》する半透明のカロリーネさんはえへへと照れておりました。

「これ、どうやって作ったんですか？」

『へへ、そんなん言えるわけないだろぉ。ぶっとばすぞお前ぇ』

笑いながら怒ってる……。

「ちなみにこの結晶時計ってどういう効果があるんです？　私未だにあなたと会話できている仕組みがよくわからないのですけど」

夢の中で彼女の姿を見て、目が覚めた先にも彼女がいて、どういうわけか半透明。ご本人が生きているのか死んでいるのかさえよくわかりません。

正直なところ意味がわかりませんよね。

『私と君が会話できている理由は色々あるけれど、まあ簡潔《かんけつ》に言えば私も君も強い力を持った魔女だから、という理由が大きいかな』

おやおや。

「強い力を持った魔女だなんて照れますね。ふふふふふ」

『うわあ急に笑い始めて気持ち悪いな君』

ひえー、と露骨《ろこつ》に顔を歪《ゆが》めるカロリーネさんでした。あなたがそれ言います？

「おい見ろよひとりで笑ってるぞあの子……」「ほんとだ」「ちょっと痛い子ってやっぱいいね……」

「いや一人で笑ってたらもう普通にただのヤバい奴だろ」「どうして急に正論言うの」

…………。

『騒がしい場所には騒ぎたい奴が来るのと同じでね、強い魔力を持った君のもとに私が現《あらわ》れたのもまた必然《ひつぜん》さ』

カロリーネさんは言いました。『私の結晶時計は特別な代物だけれど、半透明の人間とお喋《しゃべ》りできる機能なんかはないよ。君もこの国に来て結晶時計の機能は教わったろう』

「眠る時間を設定できるんですよね」

『そ。おかげでこの国の夜は活気溢れたものになった』

彼女は店内を見回しました。

騒《さわ》ぐ人。話す人。静かに飲む人。様々な人がこの国の夜の時間を愉《たの》しんでいました。

この国はもう夜更《よふ》かしを気にする必要がないのです。明日仕事だろうと何だろうと、三時間程度寝てしまえば身体の疲れはなくなりますし、そして寝坊することなど絶対にないのですから。

『このお店も昔よりも営業時間を延《の》ばしたらしい。街の住民が夜遅くまで起きるようになったからだろうな。今では日が昇る頃まで営業しているそうだ』

つまりは彼女の結晶時計がこの街の夜に自由をもたらしたということなのでしょう。

店内を見つめる彼女の視界をなぞるように、私も辺りを見回していました。確かにどなたも楽しそうにしています。まるで明日が休みであるかのように。

彼らにとってこの国の夜はまるで夢のように素敵なものなのでしょう。

「…………」

けれど私の目に映るのは、彼らの隙間《すきま》を忙しそうに通るお店の店員さんたちでした。

自由を享受《きょうじゅ》できる人間がいるということは、同時にそれを与えている人間がいるということでもあります。このお店の営業時間が延ばしたということは、同時に、このお店で働く人々の負担《ふたん》が増えたということです。

この国の夜に自由がもたらされたことは、喜《よろこ》ぶべきことなのでしょうか。それとも嘆《なげ》くべきことなのでしょうか。

『そういえば君は面白いものを期待してこの国に来たそうだが、この光景はどうかな』

期待を込めた眼差しが、私に向けられました。

私はただただ首を振ります。

「私は静かな場所のほうが好みです」


夜が更けた頃。

月光のイーヒリアスの夜はとても華《はな》やかになりました。

街灯《がいとう》が街を金色の明かりで彩《いろど》ります。通りに面して並《なら》ぶ建物から石畳《いしだたみ》、それからライトアップされた街路樹に至るまですべてが金色に包まれていました。

秋の風がさらさらと木々を揺《ゆ》らすと、まばゆく輝きながら、火《ひ》の粉《こ》のようにぱらぱらと木の葉が夜の中に消えていきます。

カロリーネさん曰く、街を照らしている街灯はすべて金色の結晶から力を得ているそうです。

『君、今日起きたときいつもよりも元気じゃなかった?』彼女は私に尋ねながら道の向こうを指差します。

そこにあるのは国の中央、王城。

その頂点で輝く黄金の光でした。

『あそこで光ってるのがこの国で最も大きな結晶石だ。あれが国に魔力をもたらしていてな、そのおかげで私の結晶時計も正常に機能できるし、君のような魔法使いもいつも以上の力を発揮することができるのさ』

街の中央の王城に置いてあるもの。

この結晶石は常に魔力を放っているため、魔法使いたちはとても強力な魔法を使えるようになるのだといいます。

『そしてこの国が魔力に溢れているからこそ、この国の夜はこんなにも美しい』

国に溢れた魔力の恩恵《おんけい》を受けているのは、私たち魔法使いだけではありません。

私は辺りを見回しました。

「…………」

街路樹のあるこの通りはデートスポットとしてよく利用されるようです。

辺りを見回してみれば、黄金の景色に囲まれながら、静かにその情景《じょうけい》を愉しんでいる人々の姿がありました。

ある恋人たちは手を繋《つな》ぎながら街路樹に囲まれ。

ある夫婦はベンチから木々と空を見上げ。

ある家族は輝く木々の中で遊んでいました。

控《ひか》えめな笑い声が時折風と共に流れます。

ここはとても静かな場所でした。

「ここなら先ほどよりは目立ちませんね」

『まあ別の意味で浮いてるがな』

私は彼女の身体に思いっきり腕をぶち込みました。

しかし空振り。

「身体が半透明でよかったですね」

『めっちゃ怒《おこ》るじゃん……』

ひえー、と顔をしかめる彼女に嘆息《たんそく》で応えつつ、私は歩きます。この国の夜の情景は、まるで綺麗なものを集めて飾《かざ》ったかのように幻想的なものでした。

すべての人がこの景色をゆっくりと見ることができたら、どれほど素敵なことでしょう。

この国に住んでいる人のうちどれだけの人がこの景色の中を歩くことができるのでしょう。

『一年だ』

私の隣を歩く彼女は、呟《つぶや》きました。『私がこの国に結晶時計をもたらしてから、かれこれ一年の歳月《さいげつ》が経《た》った』

「一年前はどんな国だったんですか」

『普通の国だったよ』

平日お仕事をして、日付が変わる前に眠って、翌日朝からお仕事をして、そんな生活を送り続けて、休日になれば残された時間を気にしながら窮屈《へんくつ》な思いをしながら皆で一斉《いっせい》に羽《はね》を伸《の》ばす。

そんな平凡《へいぼん》で普通の国だったと、彼女は言いました。

「今はそんな雰囲気まるでありませんね」

『この国は大きく変わったからね。景色も、人も、何もかも』

カロリーネさんが作り出した結晶時計は、人々を時間から解放したのです。

三時間程度眠れば疲れはなくなります。日中の時間だって自由に使えます。夜遅くまで起きてもまるで気にする必要がありません。

『この国の夜は自由だ。結晶石がある限り、ずっと』

王城の頂点で燦々《さんさん》と輝いている結晶石を見上げて、彼女は立ち止まります。

私は彼女に遅れて立ち止まり、振り返ります。

「…………」

彼女は王城を眩しそうに眺めていました。

ここに至って私ははたと思います。

そういえば。

「あなたが私に遭《あ》いに来た理由、まだ聞いていませんでしたね」

——君のような者が来るのを、待ってた。

なぜですか？

私に何を求めているのでしょう？

『君に頼みたいことは二つある』

「何ですか」

『叶《かな》えてくれるかな』

「お願い事の内容によりますね」

すると彼女は私に近寄り、そして、誰も聞くことなどできないというのに、周りを気にしながら、こっそりと語るのです。

輝く王城を背に。

『――目を覚まさなければならないのだよ』

――この国が素晴らしくめざましく発展したときに蘇る。

昼間語られていた昔話が、私の脳裏《のうり》には過《よぎ》りました。

そして彼女は、お願いを私にするのです。

『私を起こしてくれ』

一年間ずっと眠っている私を起こしてくれ、と彼女は言いました。

○

夢で私が見た通り。

彼女の身体は王城の地下で眠らされているようでした。カロリーネさんの道案内を受けながら私は言われるがままにとてとてと歩きます。

「さすがに警備は厳重《げんじゅう》ですね……」

と言いつつ正門《せいもん》から正々堂々《せいせいどうどう》と侵入する私。

門の前には警備兵が立っていましたが難《なん》なく素通《すどお》りできました。門を過ぎてお城に入ると、絢爛《けんらん》な城内が私を出迎えます。輝くシャンデリア。黄金《おうごん》に染まる大広間。

警備の魔法使いたちがほうきに乗って辺りを巡回《じゅんかい》していました。

「わあ凄いですねー……」

できることならば観光で来てみたかったところですが。

しかし本日は不法侵入《ふほうしんにゅう》での入城ですから、悠長《ゆうちょう》に探索《たんさく》もできません。「どこ行けばいいです？」

私はカロリーネさんを見上げて尋ねます。

『右に進むと階段あるから下ってみ。地下室あるから』

「了解です」

私は再びとてとてと歩き始めます。

そして。

「……？　誰だ！」

階段に差しかかったところで、巡回をしていた魔法使いの一人が私の姿を捉《とら》えます。ほうきは即座《そくざ》に私の傍《そば》まで飛んできました。

「にゃあー」

私は物陰《ものかげ》に隠れつつ何食わぬ顔で猫《ねこ》なで声を漏らします。

「む。なんだ猫か……」

男性は私の姿をちらりと確認してから、去って行ってしまいました。

「…………」

今の私は灰色の毛並みのネコの姿をしていました。

『王城の警備が厳《きび》しい？　大丈夫だって！　ネコにでも姿替えとけば余裕《よゆう》で侵入できっから！』

などという杜撰《ずさん》にも程がある作戦を考えた張本人であるカロリーネさんは、魔法使いの姿が見えなくなったところで、『な？　うまく行ったろ？』と得意げな顔を浮かべていました。

「……正門から正々堂々と侵入してきた怪しい猫を『なんだ猫か』の一言で済ませちゃっていいんですか」

この国大丈夫ですか。

『連中は思考力が著《いちじる》しく低いからな。姿が人間じゃなければ余裕だよ』

得意げに語るカロリーネさん。

それから私は彼女に案内されるままに王城の地下を進みました。巡回する兵士たちに気づかれないようにこそこそと、まるで夢の内容をなぞるように、地下の景色は既視感《きしかん》に満ち満ちていました。

「…………」

最奥《さいおく》。

たくさんの花が咲く部屋も、その中央に置かれた大きな棺《ひつぎ》も、まるで夢で見たものをそのままなぞったかのように、同じでした。

私はそこに至ったところで変身魔法を解《と》いて、棺を開けます。

『わお。すっごい美人《びじん》。誰だろう。あ、私か』

私は棺の中で眠る女性のほっぺたを容赦《ようしゃ》なくぺちぺちと叩《たた》きました。

『おうこら私の身体だぞ。丁重《ていちょう》に扱《あつか》いたまえよ。なんだ？　戦《や》る気か？　おらっ』私の顔のあたりでこぶしを振るうカロリーネさん。

「外部からの刺激《しげき》があったらすぐ起きるって聞いたんですけどぜんぜん起きないですね」ぺちぺちぺちぺち。

やっぱり一年ぶりだと目覚めも悪いのでしょうか？

『ちゅーしてくれたら起きるよ』

ぺちーん！

私はわりと強めに棺の中の彼女の頬を叩きました。

『いったぁ！』

彼女の叫び声。

直後。

半透明の彼女の姿が、消えました。少々熱くなった手のひらの先、棺の中の彼女に視線をおろすと、「……ん」と眩しそうに、ゆっくりと瞳を開き始めました。

成功のようです。

「今の音は何だ！」

しかし少々無茶をしすぎたようです。

カロリーネさんの頬を思いっきり引っぱたいた音に反応して、兵士が最奥の部屋まで来てしまいました。

兵士はたいそう驚いたことでしょう。

花に囲まれた棺の前には、見知らぬ魔女が一人。

そして棺の中から身体を起こす魔女が一人、いたのですから。

「なっ——貴様《きさま》！　何者……え？　カロリーネ様？　目を覚まされたのですかカロリーネ様！」

カロリーネさん曰く思考力が著しく低い兵士の一人は、見覚えのない侵入者が棺の前にいたことよりも、棺の中から彼女が目を覚ましたことに驚いていました。

「一年ぶりにね」

何食わぬ顔でカロリーネさんは「よっこいしょ」と棺から起きると、自らのほっぺたを押さえつつ兵士の元へと歩みます。

「あの、カロリーネ様、一体これは——」

突然の出来事に状況が読み込めない兵士さん。

容赦なく彼に歩みよるカロリーネさんは、その後、彼の目の前に立ち、手を差し出し。

そして一言。

「結晶時計」

「え？」

「結晶時計。持ってるでしょ。出してみ」

「え？　あ、は、はい……」戸惑《とまど》いながら兵士さんはポケットから結晶時計を取り出します。

「ありがと」

カロリーネさんはそして、兵士さんから結晶時計を受け取ると、直後に自らの杖《つえ》を取り出し、魔法で砕《くだ》きました。

ぱりん、と。

粉《こな》みじんになった結晶が彼女の指の間から落ちていきます。

「……えっ？」

躊躇《ちゅうちょ》もなく容赦《ようしゃ》なくばらばらに砕きました。

『――目を覚まさなければならないのだよ』

カロリーネさんは。

私に二つのお願いをする最中に、語ってくれました。

『この国の人間は皆、目を覚まさなければならないのだよ』

彼女自身も、そして月光のイーヒリアスの住まうすべての人々も、等しく目を覚まさなければならないと。

だから彼女は私にお願いを二つしました。

一つ目のお願いは、彼女を起こすこと。

そして二つ目のお願いは。

王城にある結晶石。

これを破壊《はかい》すること。

「行こうかイレイナさん」

彼女は振り返り、不敵に笑います。

それはそれは同性《どうせい》であってもとても格好《かっこう》いい表情だったのですけれども。

…………。

頬が、真《ま》っ赤《か》でした。

「すみませんほっぺた大丈夫ですか」

「めっちゃ痛い」

○

話は一年前に遡《さかのぼ》ります。

魔女で冒険家《ぼうけんか》で発明家《はつめいか》というよくわからない肩書《かたがき》を持つ魔女カロリーネさんは、冒険の最中に訪れた洞窟で結晶を二つ見つけました。

青白い結晶と金色の結晶。

それら二つにはそれぞれ特徴があり、青白い結晶は睡魔を吸い取り、魔力に変える力があり、金色の結晶には魔力を蓄える力が備わっていました。

随分と面白おかしい性質に彼女が興味を抱いたことは言うまでもなく。

「これマジやべーなー」

と当時の彼女は思いました。

「何がやべーのですか、カロリーネ先生」

ところで話は変わりますがカロリーネさんは当時、王国専属《せんぞく》の魔女でもあったそうで、若き国王に魔法を教える教育係も担《にな》っていたそうです。

「これ見てみ」

「これは……綺麗ですね」

美しい黄金の結晶に見惚《みと》れる国王。カロリーネさんは、

「私とどっちが綺麗だ？　ん？」と一国の王相手にハラスメントをかましました。

「そ、それはもちろんカロリーネ先生の、ほうが……」

「おいおい何だよ恥《は》ずかしいこと言うなよ」一国の王を容赦なく叩くカロリーネさん。

「す、すみません……」

赤面《せきめん》する国王様。若き王である彼にとってカロリーネさんという魔女は憧《あこが》れの人でもありよき友人でもありました。

つまりカロリーネさんは魔女で冒険家で王国専属で国王のよき友人という肩書きが多すぎてよくわからない人物ということですね。

「ところで私ちょっと冒険で肩凝《かたこ》っちゃった。揉《も》んで」

そして同時に国王を顎《あご》で使うことのできる唯一《ゆいいつ》の人間でもありました。

肩が凝っているのは背負《せお》っている肩書きが多すぎるからではないかと思わなくもありませんが、それはさておき彼女は持ち帰った不思議な結晶の二つを研究しました。

彼女は試しに二つの結晶の傍で睡眠魔法を使ってみました。

眠ることができました。目を覚ますといつも以上に強い魔力に溢れていました。

「――つまりこの結晶二つをそれぞれ用いた時計を使えば人々は睡眠時間を短くすることができる」

眠気を吸い取る青白い結晶の性質と、魔力を与えてくれる金色の結晶の性質を利用し、彼女は結晶時計を作り出し、国王に見せました。

睡眠を悪と捉《とら》えていたわけではありませんが、結晶時計を用いれば人はもっと時間を自由に使うことができる。

そう信じていたのです。

「素晴らしい発明です！　早速これを国で広めましょう！」

国王様は彼女の発明にとても喜びました。

彼女が作り上げた結晶時計は、最初は国王から上流階級の者へと配られました。富裕層《ふゆうそう》の人々は眠る時間を自由に決めることができる結晶時計にとても喜びました。

しかし結晶時計は完璧《かんぺき》な代物というわけでもありませんでした。

「一日しか機能が持たないのは考えものだな……」

結晶時計は魔力を用いて機能し、睡眠魔法を白い塊《かたまり》として出すように作られましたが、この機能は結晶二つの力をもってしても丸一日しか持たなかったのです。一日過ぎたらまた青白い結晶で睡魔を吸い取り、金色の結晶に魔力を貯《た》め込まなければならず、結果、数日間待たなければ使えないという難点《なんてん》がありました。

つまり単純な魔力不足です。

しかしこの問題は国王様の協力により簡単に解決に至ります。

「ご覧《らん》くださいカロリーネ先生！　巨大な結晶石を採掘《さいくつ》しました！」

国王様は財力《ざいりょく》を駆使《くし》して魔力を永続的《えいぞくてき》に得られる結晶石を王城に配置したのです。

「マジ？　やるじゃん」

そうして結晶時計は巨大な結晶石から魔力を得ることで永続的に使い続けることが可能になりました。

魔力切れの問題が解決すると、国王様とカロリーネさんは結晶時計の量産《りょうさん》に乗り出しました。国王様の指示で兵士たちが洞窟から結晶を採掘し、そしてカロリーネさんが結晶時計を作り、また採掘される。

そんな日々が続きました。

彼女はそんな毎日にとても満足していました。

この国のすべての人々が、生きる時間すべてを自由に決めて、使うことができるようになれば、きっと素敵な未来になると彼女は信じてやまなかったのです。

そうして彼女が作り上げた結晶時計は国の人々に行き渡るようにまでなりました。

こうして彼女の望み通り、月光のイーヒリアスの人々は今よりも豊かに暮らせるはずでしたところが。

「ご報告があります」

一般市民に行き渡るようになった頃に、結晶時計に一つ重大《じゅうだい》な欠陥《けっかん》があることが判明しました。

報告にきた家臣《かしん》は国王様とカロリーネさんに淡々と事実だけを述《の》べました。

「結晶時計を殺人に利用しようとした者が現れました。幸《さいわ》いにも未遂《みすい》に終わりましたが……」

当時はまだ結晶時計に通貨としての役割がなく、誰でも際限なく睡眠時間を利用できました。

ゆえに結晶時計の性質を利用し、他人《たにん》に数百時間もの睡眠を与えて、殺《あや》めてしまおうとする悪人が現れたのです。

いついかなる時代も便利なものを悪用しようとする者は存在するものですね。

「……愚《おろ》か者《もの》め」

悪意ある人間に、カロリーネさんはとても傷《きず》つき、怒《いか》りを覚えました。

しかし、

「事件において奇妙なのは被害者の存在です」家臣は国王に淡々と語りました。「国王様。この事件の被害者は一週間もの間眠り続けていたというのに、肩を叩けば簡単に起きてしまったのです」

被害者は死んでいませんでした。

家臣曰く、起きた被害者の身体は健康そのものだったと言います。

むしろ元気すぎるくらいだったとも報告がなされました。

常人には起こり得ないことが起きていました。まるで身体が人外になってしまったかのようです。

奇妙な報告を聞いてからカロリーネさんは結晶時計を改めて調べました。

「一体どうなっている……？」

彼女が作り上げた結晶時計は、彼女が作り上げた当初よりも膨大《ぼうだい》な魔力を有《ゆう》するようになっていました。

国に金色の結晶が大量に持ち込まれたことにより、結晶石は過剰《かじょう》なほどに魔力を貯め込み、人の身体に与えるようになっていたようです。結果、カロリーネさんが想像した以上の、異様とも思える効果を発揮するようになってしまったのです。

「…………」

カロリーネさんは二つの結晶を国から取り除くことにしました。

結晶時計は便利な発明でした。しかし人にはまだ早すぎる代物だったのです。だから、彼女は、まず手始めに、王城の上にある黄金の結晶石を、破壊しようとしました。

けれど。

「カロリーネ先生。どこに行くのですか」

ほうきに乗った直後。

彼女の身体がぐらりと揺れて、地面に落ちます。突然のことにわけもわからないまま振り向くと、家臣たちと共に国王が彼女を見おろしていました。

そして彼女の身体には、絶え間なく白い玉が注ぎ込まれていきました。

杖を握《にぎ》り締めることすらできないほどに、彼女の意識は遠のいていきました。

家臣の奇妙な報告を聞いてから国王さまもカロリーネさんと同様に、調べていたのでしょう。そして彼らは、結晶時計が長寿《ちょうじゅ》の可能性を秘めていることに気づいたのです。

こんなにも便利なものを独占しない手はありません。

「素晴らしい発明をありがとうございますカロリーネ先生」

国王様はにこりと笑います。

その目は、彼女が持ち帰った結晶を綺麗だと言った国王様の目とは別人のように変わっていました。

虚ろで、暗い瞳です。

彼女が作り上げた結晶時計は、彼女が作り上げた当初よりも膨大な魔力を有するようになっていました。

国王をはじめとする富裕層の人々は、既に結晶時計の虜になっていたのです。

霞《かす》んだ視界から見上げる彼らの顔は、以前とはまるで別人のように見えました。

まるで結晶時計に操られているかのように。

「……愚か者共め」

意識を失う直前、かろうじて口から漏れた言葉は、誰の耳にも届くことはありませんでした。

それから彼女は眠り続けました。

昔話として語られるように、彼女の身体は王城の地下に封印《ふういん》され、棺桶の中で依然として眠り続け、生き続けています。

皮肉《ひにく》なことに暴走した結晶時計の恩恵を彼女はもっとも受けているのです。

『異常な魔力の供給はこの国のあらゆる部分を壊した。先に結晶時計を使い始めた富裕層から順番に人は正常な判断力を失い、魔法使いたちは異様な力を手にし、そして長く眠り続けた私は実体のないこんな身体まで手に入れた』

過剰な魔力は想定外の変異を促します。

彼女曰く、この国の人々はあまりに濃い魔力にあてられて、少しずつおかしくなっているのだと言います。

会話は成り立ちます。

見た目は何ら変化がありません。

けれどこの国の人たちはどこか普通とは外れた場所まで来てしまっているのだと、彼女は言いました。

『結晶時計は人々から眠気だけでなく物事を考える力さえ奪ってしまった。今この国にあるのは見えない糸に吊るされた操り人形だ』

明確な意識を持たず、檀上で踊らされているだけの操り人形。

人々は結晶時計の虜になり、結晶時計なしでは生きていけなくなり、今やこの国はおかしなことでありふれているといいます。

半透明の人が言うと説得力が段違いですね。

『そういうわけで、君にはこの国を夢から覚ます手伝いをしてもらいたい』

眠っている彼女の身体を叩き起こし。

そしてこの国を元に戻すために結晶石を壊して回って欲しい、と彼女は改めて言いました。

「…………」

返答の前に。

私は念のため尋ねます。

「断ったらどうなりますか」

彼女は不敵に笑いました。

『決まってんだろ。化けて出る』

○

「か、カロリーネ様？　あの、何をして——」

ぱりん。

「何をしているのですかカロリーネ様！　結晶時計を壊すなど――」

ぱりん。

「おい！　こいつは本当にカロリーネなのか？　結晶時計を壊すなんて――」

ぱりん。ぱりん。ぱりん。ぱりん。

「こいつ絶対偽物だ！　皆！　やっちま――あああああ俺の結晶時計が！」

ぱりん。ぱりん。ぱりん。ぱりん。ぱりん。ぱりん。ぱりん。ぱりん。

彼女と私は迫りくる兵士たちから結晶時計を奪い取り、魔法でばらばらに砕きながら王城の中を進みました。

『この国の人間は結晶に魅了されている』

結晶時計を作り出したカロリーネさんは、国王の手によって眠らされる直前に一つの結論に辿り着きました。

一つは結晶には中毒症状《ちゅうどくしょうじょう》があること。

もう一つは、王城に設置された巨大な結晶石が中毒症状を助長《じょちょう》させていること。結果としてこの国の人々は、長らく思考を結晶時計に支配されてしまっていたのです。

「片《かた》っ端《ぱし》から結晶時計を壊して回れ。兵士は結晶時計を破壊されたらしばらく何もできない」

カロリーネさんは迫りくる兵士たちから結晶時計を奪い取り、涼しい顔で破壊しながら私に言いました。

黄金と青白い光が彼女の手元から散りました。

結晶時計を壊された兵士たちは、まるで糸が切れたかのように次々と倒れていきました。

奇《く》しくもそれはまるで、時間から解放されたかのようにも、見えました。

「なるほど」

私も彼女に倣《なら》って兵士たちの結晶時計を壊します。

「えい」迫りくる槍《やり》を避《さ》けてすれ違いざまに壊し。

「やー」降りかかる剣を避けてから壊し。

「おりゃー」弓矢《ゆみや》が飛んできた先を視線で辿り魔法で壊しました。

しかし。

「錯乱《さくらん》なさったのですかカロリーネ様！」「貴様がカロリーネ様に何か吹き込んだのではあるまいな！」「結晶時計を壊すなど何を考えているのですか！」

兵士たちはカロリーネさんと私に武器を向けます。

結晶時計を作り出した張本人であっても、彼らから結晶時計を奪い取る者は敵であるようです。

なぜ奪うのか、なぜ壊されるのか、そんなことは彼らにとってどうでもいいのです。

貴重な時計を奪う者は誰であっても許されないのです。

それは王城の警備をしていた魔法使いたちも同義。

彼らはあちこちから次々と湧《わ》いて出て、私とカロリーネさんに襲いかかります。

「…………っ！」

流石《さすが》に魔女といえど数の暴力には怯《ひる》んでしまいます。

次から次へと兵士たちは私に武器を差し向け、慌てて私がほうきで空に逃げれば、今度は魔法使いたちが息つく間もなく魔法を浴びせてきます。火も水も風も矢も剣《けん》も斧《おの》も雷《かみなり》も、四方八方《しほうはっぽう》からありとあらゆる攻撃が雨のように私に降り注ぐのです。

「皆であの魔女を倒すんだ！」「正義は我らにある！」「裏切者《うらぎりもの》と灰の髪の魔女を倒すのだ！」

情けないことに私は防戦一方でした。

結晶時計を破壊するどころか、私は彼らに杖を向けることができなかったのです。シャンデリアに届く程度の高さと、大理石《だいりせき》が敷き詰められた地面の間を行ったり来たりうろうろと彷徨《さまよ》うようにほうきを操りながら私は杖を振るばかり。

攻撃に転じるだけの余裕がなかったということもありましたが、しかし、それよりも。

「迷いが見えるな」

からん。

私のほうきが、転がりました。

気づけば私はほうきを降りており、私の肩をカロリーネさんが抱いていました。どうやら逃げ回る一方だった私を無理やり止めたようでした。持ち主を突然失った私のほうきが大理石の上で転がっています。

絶えず私に襲いかかる魔法の数々を、彼女は薙《な》ぎ払います。

「君が何を迷っているのかは知らんが、遠慮《えんりょ》する必要はないよ。彼らは私が作った結晶時計と王城の結晶石に操《あやつ》られているだけだ」

視線を傾《かたむ》ければ、エメラルドグリーンの瞳が私を見据《みす》えます。

まるでか弱い女の子の如《ごと》き扱いですね。

彼女には躊躇《ちゅうちょ》というものがありませんでした。

視線を辺りに傾ければ、意識を失い倒れた兵士と魔法使いたちの数々が転がっていました。

「くっ……！　皆のもの！　怯むな！　なんとしてでも倒すのだ！」

そして仲間が倒れたことに憤慨《ふんがい》する生き残りの兵士たち。

カロリーネさんはその様子を冷淡に見つめ。

「…………」

やがて、彼女は私の肩から手を離すと、叫び威嚇《いかく》する兵士たちの間へと悠々《ゆうゆう》と歩いて行ってしまいました。

そして彼女は呟きます。

「この世で最も哀《あわ》れなのは、自分自身が正しいと信じてやまないことだよ」

その言葉は誰に向けて放たれたものだったのでしょうか。

彼女が振るう杖は、兵士たちの結晶時計を一つひとつ粉々《こなごな》に砕《くだ》いていきます。ぱらぱらと結晶一つが火花のように散っていきました。

「そして最も不幸なのは、贖罪《しょくざい》の機会を与えられないことだ」

それはまるで自分自身の行いを、自分自身が作り出したものを自ら拒絶《きょぜつ》しているかのように見えました。

彼女はきっと、かつての自らの過《あやま》ちを正したいのです。

たとえ今の国民がそれを受け入れなかったとしても。

「…………」

きっと今から私と彼女がやろうとしていることは、この国にとってとてもよくないことでしょう。どこよりも進んだこの国の技術を遅らせる酷《ひど》い行いを私たちはしようとしています。きっと私たちを囲む彼らにとって、私たちほどの悪人はいないでしょう。

きっと今の私たちは、この国で最も間違っている二人組なのです。

私は小走りで自らのほうきを拾い上げてほこりをぽんぽんと落としてから、彼女の歩いた道を辿っていきます。

「すみません。ちょっと考え事をしていまして」

「こんな時に考え事とは随分と余裕だな」

おいおい、とカロリーネさんは私を肘《ひじ》で小突《こづ》きます。

そのうえで、

「で、もう大丈夫なの？」

と尋ねます。

私は返事の代わりに杖を振るい、結晶時計だけに狙いを定めて魔法を放ちました。結晶の破片《はへん》が辺り一面に広がります。

私たちはそして王城の中を突き進むのでした。

王城の頂点、まばゆく金色に輝く結晶石を目指しながら、私たちはそこら中から溢れるように出る魔法使いと兵士たちと対峙《たいじ》していきました。

私は絶えず悪い魔法使いめと罵《ののし》られました。

カロリーネさんは絶えず裏切り者めと詰《なじ》られました。

それでも私たちの足が止まることはなく、常に私たちの周りにはばらばらに砕けた結晶時計の破片が転がっていました。

「結晶石は一体どこにあるんですか」

砕けて服にこびりついた結晶の破片を振り払いながら私は尋ねます。

この結晶の一つひとつが魔力を蓄《たくわ》えているというお話も、眠気を奪い取るというお話も純然《じゅんぜん》たる事実なのでしょう。今の私は眠くもなければ魔力が尽《つ》きるような気配すらありませんでした。

いくら杖を振ろうとも、魔法を放とうとも、力が幾《いく》らでも湧いてきていました。

「こっちだ」

迷いのない彼女の足取りは、やがて結晶石のもとへと、王城の頂点へと、辿り着きました。

扉を開けば、そこには一際《ひときわ》輝くまばゆい金色の光。

「酷いではないですか、カロリーネ先生」

そして渋《しぶ》いお髭を蓄えた男性が一人。

杖を手に、結晶石を守るかのように私たちの前に立ちふさがりました。悲しみに目を伏《ふ》せた彼の顔に、私は見覚えがありました。

この国に来た直後。お人形劇の檀上で踊らされていたお髭でもじゃもじゃのお方。

国王様でした。

「髭が似合《にあ》わねえな」

実に一年ぶりの再会に、カロリーネさんは鼻《はな》で笑いました。ずっと眠っていた彼女にとっての一年などほんの少し前の出来事だったのでしょう。彼女は郷愁《きょうしゅう》にふけることなく、国王様を見据えます。

「なぜ自ら作った結晶時計を壊しているのですか。この結晶石まで壊すおつもりなのですか」

逆光の中でこちらを見つめる彼の目には私達はまるで映っていないかのように見えました。

感情はなく、彼は作り物のように言葉を並べます。

「酷いではないですか、カロリーネ先生」

壊れたように、同じ言葉を並べます。

「どうして私がそれを壊そうとしているのか分からないか」

「分かりません」

「だろうな」

カロリーネさんは嘆息を漏らしながら、一歩、踏み出します。

——結晶時計は人々から考える力さえ奪ってしまった。今この国にあるのは見えない糸に吊るされた操り人形だ。

長《なが》らく巨大な結晶の真下で生きていた今の彼らの意識はまるで夢の中。言葉は通じても、物事を考える力は備わっていません。本能の赴くままに彼らは言葉を発し、そして動いています。

しかしこの国王様の本能というか、行動力というものはとてもとても厄介《やっかい》そのものでした。

試しに私が会話の途中で「えいやっ」とこっそり火の塊を飛ばしてみても、

「もうおやめくださいカロリーネ先生！　私はあなたと戦いたくありません！」

などと火の塊よりも熱い台詞《せりふ》を吐きつつ杖でさらりと私の魔法を弾《はじ》き飛ばし、闇夜《やみよ》の中へと飛ばしてしまいます。

えー？　わりと強めの魔法だったんですけどー？　と首をかしげながらも今度は「おりゃ」と雷撃《らいげき》を放ってみれば、

「眠ったままでいてくれればずっと一緒にいれたのに！」

などと言いつつ雷撃を弾き夜空に飛ばします。私とカロリーネさんの二人が彼の一連の行動と若干病んでいるとしか思えない一言に衝撃を受けたことは言うまでもなく。

結果として呆然《ぼうぜん》とした私たちは彼に反撃の機会を与えてしまいました。

「見てくださいカロリーネ先生！　私はあなたのおかげでこんなにも魔法が得意になったのです！」

杖を振るい、彼は絶え間《たえま》なく魔力の塊を放ちました。まばゆい光がそこら中から私たちに襲いかかります。ひとつひとつ、丁寧に避《さ》けながら、時には魔法で打ち消しながら、私は反撃の機会を窺《うかが》いました。結晶時計に狙いを定めて魔法を浴びせられるだけの余裕はなく、彼の攻撃を防ぎ、避ける度に足元の地面がえぐれ、壁が崩れ、爆音が鳴り響きます。当たればひとたまりもないでしょうね。

容赦ない攻撃の合間にちらりとカロリーネさんの様子を窺うと、彼女もまた私と同様に一つひと

つ避けながらも、

「見ない間に立派になりやがって……」

などと噛《か》み締《し》めるようにぬかしておりました。

「感動している場合ですか」

どうするんですか反撃してる余裕ないですよ。

「恐らく背後の結晶石から魔力を吸い取っているのだろう。今の奴には無尽蔵《むじんぞう》の魔力があると見て

間違いない」

「そのようで」

攻撃は絶えず私たちの足元の地面をえぐっていきます。この場が崩れれば空中戦になることで

しょうが、その前に今まで対峙《たいじ》してきた兵士さんたちに被害が及《およ》んでしまう可能性があります。

できるだけ早い決着が望ましいですね。

「…………」

であるならば、一国の王であっても怪我《けが》を負わせる覚悟《かくご》で多少無茶をしてでも彼の攻撃を止める

しかありません。

恐らくは、カロリーネさんもまた、私と同じ結論に至ったのでしょう。

「おりゃあ！」

彼女が杖を振るうと、直後に国王様の身体に抉《えぐ》れた壁の破片の数々が飛びました。小石のような大きさから岩のように大きな破片まで、大小さまざまな破片が、彼の体勢を崩します。

今しかないと思いました。

一瞬の隙《すき》をついて、私は彼の結晶時計を魔法で破壊しました。ばらばらに破片が砕けると、糸が切れたように、彼はその場に倒れます。

小石まみれの地面の上で、彼はうずくまりました。

そして、意識を失う直前。

「――酷いではないですか、カロリーネ先生」

彼は虚ろな瞳でカロリーネさんを見上げながら、呟きます。

「そうだな」

淡々と頷《うなず》くカロリーネさん。

彼女は彼のもとに歩み寄ってしゃがむと、倒れた彼の髪を懐かしそうに優しく撫《な》でます。

そして、小石がぱらぱらと指の隙間から落ちる中、彼女は既に意識のない彼に向かって、ささやかに呟くのです。

「だから償《つぐな》うためにここに来たんだよ」

カロリーネさんが始めた悪いことを終わらせるために、私は結晶石を魔法で持ち上げました。

杖を操り、空中に浮かせると、まるで命乞《いのちご》いをするかのように結晶石から途方《とほう》もないほどの魔力が私の中へと流れ込みました。

ほんの一瞬、何もかもできそうな万能感に襲われました。

この石を使いこなすことができれば、どれほど輝かしい未来が待っていることでしょう。ここで破壊するのは勿体《もったい》ないのではないか――そんなことを、ほんの一瞬だけ、考えてしまいました。

けれどこんなものは、私のような旅人にとっては無用《むよう》の長物《ちょうぶつ》。

重荷《おもに》にも程がありますね。

「えいっ」

だから私は杖を振るって、街の夜空に向けて飛ばしました。

今しがた頂戴《ちょうだい》した魔力のすべてを杖に込めて、放ちます。空中でくるくると回っているまばゆい金色の結晶石に導かれるように、青白い光が空へと昇っていきます。

そして二つの光は、夜空の中で重なり、弾けます。魔力にぶつかって結晶石は空中でばらばらに砕け、四方八方に破片が飛んでいきました。

雪の粒のようにゆっくりと街中に金色の明かりが降り注ぎます。

人々を夢のような世界に閉じ込め続けていた結晶石が最後に見せたのは、そんな幻想的な夜でした。

私は光に溢れた街に目を細めます。

それはとても眩しい夜でした。

眠れられないくらいに。

忘れられないほどに。

「綺麗……」

私が呟き。

そして、背中の向こうからまったく同じ言葉が呟かれました。

振り返れば、結晶が降り注ぐ夜空に見惚《みと》れる国王様がおりました。いつの間にやら目を覚ましていたのでしょう。その目は無邪気な子どものように、輝いていました。

そしてその目は、私の隣のカロリーネさんへと注がれていました。

一年ぶりの再会です。

彼女は軽く笑いながら、彼に言いました。

「私とどっちが綺麗だ？」

○

数日後。

王城にあった結晶石を失ったことにより、カロリーネさんが作った結晶時計は魔力の過剰供給が絶たれ、彼女が作り出した当初のように、一日使えば機能が停止する不便な代物へと戻りました。

国王様はカロリーネさんから事情をすべて聞いたうえで、街の人々から結晶時計を回収するよう兵に命じました。

そのうえで一年前に間違《まちが》った判断をくだし、結果として今まで街の人々の自由を奪ったことを詫《わ》びましたが、街からは戸惑《とまど》いの声ばかりが上がりました。

そもそも国王様が何を詫びているのか理解できなかったのです。

結晶時計が魔力を失ったと同時に、彼らは一年間の出来事の大半《たいはん》を忘れてしまったのです。

ある人は一年間の日々を朧《おぼろげ》気な夢を見ているかのようだったと語りました。

ある人は何があったのかまるで分からないと戸惑いの声をあげました。

彼らの中で結晶時計に依存していた一年間の出来事は夢そのもので、何もかもがぼんやりとした曖昧《あいまい》の中。断片的に覚えていることはあるものの、明確に記憶できるほど頭が働いていたわけではなかったのでしょう。

この空白の一年の中で、唯一鮮明に記憶に焼き付いているのは、たった一つだけ。

綺麗な金色の光の数々が降り注いだ夜のことだけは、彼らは誰もが鮮明に覚えていました。

「——困ったよ。償おうにも国民のほとんどが私のしたことを覚えてないらしい」

青々とした空をぼうっと眺めながら、カロリーネさんは言いました。

「それでも一年前の出来事をなかったことにするつもりはないけどな」

一年間の出来事の後始末《あとしまつ》の真っただ中である彼女の表情は当然ながらどことなく疲れていて、しかしどこか充実しているようにも見えました。

国の民に一年間の空白期間を作ってしまった禊《みそぎ》として、カロリーネさんは今回の件の事後処理が終わった後に、王国専属の魔女を辞《や》めるそうです。

今回の一見の責任を負《お》うのは当然で、もみ消すつもりも、隠すつもりも当然ない、と彼女は語っていました。

一年もの空白期間を作ってしまった事後処理がいつ終わるかはわかりませんけれども——。

「きっとこれからこの国は何の特徴《とくちょう》もない平凡な国になるだろう」

忘れられないような夜などきっとこれからは訪れることはなく、特殊な通貨が流通しているわけでもなく、国の人々の様子だって何らよそとは変わらない、普通の国へと戻っていくだろう、と彼女は言いました。

この国にこれから訪れる多くの人にとって何の記憶にも残らない国になるのかもしれません。

「悲しいですか？」

「そう見えるかい」

「いえまったく」

街を眺める彼女の瞳は眩しそうに細められました。

彼女の視線の先には街のありふれた情景がありました。

結晶石などなくとも、底知れない魔力に溢れていなくとも、眩しいものは眩しいのです。

陽射しが降り注ぐ大通り。人々が笑顔を咲かせて歩いています。街の至るところから美味《おい》しそうな香りが漂《ただよ》います。

白い建物たちはそんな住民たちを見守るように両脇に建ち並び、窓辺のプランターも花は秋の風にゆらりゆらりと涼しそうに揺らめいていました。

それはどこにでもありふれている、ごく普通の光景。きっと国を出て行ってしまえば忘れてしまうくらいの、ありふれた光景でした。

けれど。

私は隣のカロリーネさんと同じように目を細めながら、言うのです。

「――綺麗ですね」

とてもとても。

まるで夢のように。

あとがき

常に常に締め切りに追われ続ける白石定規《しらいしじょうぎ》は、終わらない締め切りの連鎖《れんさ》を断ち切る（逃げる）秘策《ひさく》を思いついた。

過去に出したＳＳをまとめた本を出せば……いいのでは？

そうすれば締め切りに余裕《よゆう》が生まれるし、しかも過去のＳＳを読みたいという要望《ようぼう》にも応《こた》えられる！　いい案じゃん！　お願い！　やって！　十五巻までの間にそういうの一回挟《はさ》んでみようよ！

『魔女《まじょ》の旅々《たびたび》』特別編みたいな感じでさああ！　マジで！　需要あるからさあああ！

白石定規は編集部に泣きついた。そんなことしてる暇《ひま》があったら原稿やれよと今書きながら思ってます。何はともあれ編集部からの回答があったのは数日後のことである。

編集「ＳＳ集の企画、通ったよ」

ぼく「マジですか！　じゃあ十五巻のスケジュールは結構先になった感じなんですね！」

編集「いや、ＳＳ集を十五巻として出します」

ぼく「……ん？　あ、でも、スケジュールには余裕があります……よね？」

編集「いえ、元々の予定に差し込むことになったためＳＳ集の十五巻は十二月発売になります」

ぼく「ん？？？」

編集「十六巻は以前の十五巻の予定据え置きなので今よりもスケジュールはキツくなります」
ぼく「なんで？？？？？」
編集「それとさすがにＳＳをまとめただけだとアレなので書きおろしも追加になります」
ぼく「アレェ？？？？？？？？？？？？？？？？？？？？？？？？？？？？？？」
楽をしようとした結果更にスケジュールがキツくなる白石定規でした。大爆笑《だいばくしょう》であった。
まさか次の巻が再来月とはね。とはいえ念願のＳＳ集がようやく実現して嬉《うれ》しいです。ずっと前から「やろうよおお！」って言ってたからね！　というわけでちょっと早いけど十二月に十五巻出るからよろしくね！
それでは各話コメントに入ります。ネタバレするのでまだ本編読んでない人は回れ右でどうぞ！

●第一章『とっておきの話《はなし》』
この話はこの巻のプロローグ的な意味合いで書いた話になります。このお話の時系列《じけいれつ》に関しては色々な捉《とら》え方ができると思います。
●第二章『物語《ものがたり》の国《くに》』
詐欺師《さぎし》が詐欺られるお話でした。旅人レストランの設定書きながら、「このお店の店員さん、仕事楽そうでいいなぁ」と思いました。
●第三章『断罪《だんざい》のセーナ』
どうせ他の奴が真面目《まじめ》にやるから真面目にやらなくていいや、という考えの結果腐敗《ふはい》していった断罪人《だんざいにん》と、それでもひたむきに頑張《がんば》るセーナさんのお話でした。話は変わりますが警察二十四時とかで警察に捕まった人たちが「俺《おれ》だけに言うんじゃねえ！」って逆上《ぎゃくじょう》するシーンをよく見かけるんですが、「規律《きりつ》守れないのにどうして公平性《こうへいせい》は主張《しゅちょう》できるんですか……？」っていつも思ってます。

●第四章『演者《えんじゃ》たちの物語《ものがたり》』

イレイナ母とフラン先生のお話ですね。やっていることがイレイナさんと同じで、結局旅人レストランで交わされている会話はいつまで経《た》っても同じという冒頭《ぼうとう》に繋《つな》がります。

●第五章『二人《ふたり》だけの世界《せかい》』

おかしな人とおかしな人が寄《よ》り合《あ》うと、おかしなことが正常になり、二人の世界の外の出来事が異常となる、というお話でした。陰謀論《いんぼうろん》は馬鹿《ばか》馬鹿しいと笑い飛ばす人がいて初めて成り立つものなのです。最近は抑《おさ》えていましたが、やっぱり『魔女の旅々』は最初からあらゆる話がジャンルの話を書きたくて始めた物語ですのでこれからもこういう話を続けるつもりです。よろしゅう！

●第六章『愚《おろ》か者《もの》に咲《さ》く花《はな》』

僕《ぼく》は基本的にリップサービスというものを使うのが苦手《にがて》で、話していることはだいたい本音から遠くない気持ちなので、周りも当然そうだろうと思い込んで生きています。つまりリップサービスを真に受けて普通に喜《よろこ》ぶちょろい人間です。でも人を疑《うたが》って生きるよりは健全《けんぜん》かなと思います。

●第七章『月光《げっこう》の国《くに》イーヒリアス』

この巻のまとめ的な話になります。

道を間違《まちが》えたときに「ごめん間違えた！」って言えるように人生歩みたいものですね。大人になればなるほど、無駄《むだ》なプライドが邪魔《じゃま》して、小学生の頃は言えた「ごめんねー！」が言えなくなってしまうのです……。意見の食い違いで険悪《けんあく》な空気になってもなあなあにして済《す》まそうとしている自分に気づく度に僕は老いを感じて悲しくなります（二七歳・自営業）。

というわけで『魔女の旅々』十四巻でした。

というか今回！　十四巻が発売している一〇月中旬はもうアニメが放送されていますね！

今はこういうご時世《じせい》なので積極的に収録に参加というものができず、リモートでほとんどやり取りしているのですけれども、毎度毎度とても綺麗《きれい》な映像と、滅茶苦茶豪華《めちゃくちゃごうか》なキャストさんたちの凄《すご》い演技《えんぎ》に圧倒《あっとう》されています。

ＰＶを見る度に感動しているし収録を聞く度に感動しているし、主題歌《しゅだいか》はＯＰもＥＤも最高ですし毎日が幸せです。

次はどんなお話になるのだろう、次はどんな風に表現されているのだろうと、毎日胸躍《むねおど》らせながら日々を過ごしています。多分旅をして国から国を渡っているイレイナさんも毎日こんな気持ちなのかもしれませんね。

アニメ本編の内容を書いたのは本当に初期の初期なので、懐《なつ》かしいなぁと思いながら毎回楽しみに拝見《はいけん》しております。そして次の巻のＳＳ集の内容も懐かしいなぁと思いながら一つひとつ見返しています（買ってね！）。

アニメは最初から最後まで、コメディもシリアスもいいお話も全部綺麗で素敵《すてき》で最高なので、ぜひぜひ最終回までお楽しみに！　僕も毎週の放送が楽しみです。

ところでこの巻は「ドラマＣＤ付き特装版」もありましたね。相変わらずこちらの話はコメディに全振り＆キャストさんの演技力に頼りまくりの内容だったわけですが、僕は今回も裏で大爆笑しながら収録を聞いていました。願わくばドラマＣＤ集とかドラマＣＤ新作とかバンバンやりたいですね。アニメも映画もやりたいですね。日々がやりたいことに溢《あふ》れていて、今はとても幸せです。こんな時間がいつまでも続けばいいなと願うばかりです。まさに夢のような日々ですね。

というわけであとがきでした。

今回は謝辞《しゃじ》をする相手がとても多いため、まとめてお礼を言わせていただければ嬉しいです。

『魔女の旅々』、原作、コミカライズ、ドラマＣＤ、関連グッズ、アニメに携《たずさ》わってくださっている皆さん。

本当にいつもありがとうございます。

これからも末永《すえなが》くお付き合いできればと心より祈《いの》っています。

そして読者の皆さん。

いつも応援《おうえん》ありがとうございます。これからもよろしくとともに今後もよろしくどうぞ！

GAノベル

魔女《まじょ》の旅々《たびたび》 14

2020年10月31日　初版第一刷発行

著者　白石定規
発行人　小川 淳
発行所　SBクリエイティブ株式会社
〒106-0032　東京都港区六本木2-4-5
03-5549-1201　03-5549-1167（編集

装丁　AFTERGLOW
印刷・製本　中央精版印刷株式会社

ISBN978-4-8156-0488-2
Printed in Japan

ファンレター、作品のご感想をお待ちしております。

〒106-0032　東京都港区六本木 2-4-5
SBクリエイティブ株式会社
GA文庫編集部 気付

「白石定規先生」係
「あずーる先生」係

本書に関するご意見・ご感想は
下のQRコードよりお寄せください。
※アクセスの際に発生する通信費等はご負担ください。

https://ga.sbcr.jp/